Für meine(n) große Inspiration, liebsten Freund und Weltenbeweger Daniel.
Für die schönsten und klügsten Frauen Berlins namens Jolla, Victoria, Steffi, Sue, Jasmin und Kate und für dich, der du dich in und zwischen den Zeilen findest und da bleiben willst.

Impressum

1. Auflage: Dezember 2017
© Edition Outbird
Imprint im Telescope Verlag
www.edition-outbird.de
www.telescope-verlag.de

Autorenbild: Robert Bieber
Zeichnungen / Grafiken: Daniel Nikoi Djanie
Coverfoto: Marco Fechner
Covergestaltung: Denny Müller

ISBN: 978-3-95915-105-4
Preis: 9,90 Euro

Herzchroniken

*A*ch, was haben die Menschen umeinander geweint.

Was haben sie sich nicht alles geschworen, während sie auf Knien um Gnade, Liebe, Zuneigung und Zukunft baten.

Was haben sie sich ineinander gestürzt, sich verknotet, verlaufen und verliebt.

Also so richtig ver und lieben, so wie verrücken, verzweifeln, verquer und verbrennen.

Mit Wollen und Sollen und Trieb mit Lieb verwechseln.

Was haben sie gemeinsam von der rosa Zukunft, den hübschen Leibesfrüchten, den kleinen Märchenhäusern und Gemeinsamkeiten geträumt.

Ich kannte ein Paar, welches so laut träumte, sich gegenseitig anstachelte und aufrieb.

Stets waren ihre Gesichter erhitzt und die Hände zittrig.
Rauschmenschen miteinander.
Und immer sprachen sie von der Liebe, der Sucht und der Suche nach und füreinander.
Und ich saß da, lauschte, betrachtete meine starren Hände und befühlte mein kühles Gesicht.

Sie hetzten durch die Straßen, suchten und verloren einander, machten kurz Halt und erzählten mir, dem Zaungast, von den Stolpersteinen und dem Kater nach dem irren Rausch.

Und irgendwo, zwischen Bett, Fremdkörpern, Herzenswünschen, kaltem Schweiß und vergessenen Wünschen irren sie umher, küssen sich, fallen sich an, hinterlassen Liebesschwüre an Wänden und auf Pobacken und scheitern.

Und während sie das so hinreißend tun, stehe, sitze und liege ich, die Beobachterin und Chronistin der großen Lieben, daneben und zeichne auf, wie die Menschen mit Herz das so machen, um diese Aufzeichnung weiterzugeben, auf dass die Liebenden auch ja die angemessene Dosis Schmerz, Rausch und Kater anstreben und leben.

Mein Name ist Kopf und ich bin Mensch

Hallo.

Mein Name ist Kopf und ich bin Mensch.

Ein weiblicher Mensch.

Ein Mensch, der atmet, denkt, fühlt, fürchtet, liebt, lacht und weint.

Ein Mensch, dem einige andere Menschen manchmal Gehör schenken.

Ein Mensch, der befreit lebt.

Ich bin deine Nachbarin, deine Freundin, deine Abscheu, deine Freude, deine Gedankenteilerin oder ein Teil dessen, was du so gar nicht gern sehen, hören und lesen möchtest.

Ich bin frei.

Ich bin du und ich bin manchmal, wenn keiner aufpasst, sogar glücklich.

Keinesfalls bin ich Hass, wohl aber in manchen Momenten Wut.

Ich bin Trauer, Angst, Sorge, Vorsicht und Prägung.

Ich bin ein Gefäß.

Mama meinte, Spinat würde stark machen, Karotten wären gut für die Augen und es würden unter dem Bett keine Monster existieren.

Ich habe das natürlich geglaubt.

Jeden Tag gab es Spinat und Karotten.

Heute bin ich stark kurzsichtig und kann nicht einmal einen Kasten Bier alleine tragen.

Und unter dem Bett?

Da leben sehr wohl Monster!

Die nennen sich Depressionen, Altlasten und schmutzige Socken.

Mama hat sich geirrt.

Das kann ich verzeihen.

Heute wird nicht mehr von Spinat und Möhren gesprochen.

Heute werden andere „Fakten" eingeimpft.

Brot macht dick, ein IPhone macht glücklich, der dunkelhaarige Fremde ist ein Krimineller, Plastebrüste sind schön und begeht eine bestimmte „Sorte" Mensch eine schlechte Tat, so gilt das als universal anwendbarer Stempel.

Ergo ist der Katholik natürlich eine Pädophiler.

Der Deutsche muss demzufolge ein zündelner Zweifinger-bärtchenfan sein und der Jude ist nach wie vor ein geldgieriges Menschlein.

Männer sind übrigens Triebtäter.

Blondinen sind doof und alle Kevins und Chantals sind ebenfalls recht dumpfbackige Individuen.

So wie Mama sich irren kann, können ebenfalls diverse Schubladenöffner, Angstmenschen und Redakteure irren.

Das kann man verzeihen, oder?

Man kann sich irren, man kann an einem „Feind" oder an einem, der dazu gemacht wird, schwach oder stark werden.

Man kann versuchen, all dem, was einem eingetrichtert werden soll, mal etwas Skepsis entgegenzubringen.

Man kann aber auch sämtliche Energiereserven und Verstandsdosen aufbrauchen, um zu hassen, zu verallgemeinern und jedem Menschen, egal welcher Couleur, einen Stempel aufzudrücken.

Man kann daran auch eingehen und blind und taub werden.

Man muss das aber nicht.

Ich bin Mensch.
Ich bin Opfer.
Ich bin Frau.
Ich bin da.

Ich bin ein Gefäß.
Ich habe Gewalt, Missbrauch und Angst erfahren.
Ich habe gekämpft.
Mit mir, mit meiner Furcht und mit viel zu großen Schubladen.
Die Menschen passen da alle gar nicht rein.
Sie sind divers und keinesfalls sind sie das, was ihre Mitmenschen verbrechen, versäumen und verfehlen.
Sie sind nicht deine schrecklichen Erfahrungen und sie sind keine Schlagzeilen, wohl aber sind sie individuell, ebenfalls geprägt und an vielen Stellen einfach unvorstellbar blind und steuerbar.

Das könnte man ab und versuchen, zu verinnerlichen und bestenfalls anzuwenden.
Ist beschwerlich und eine Lebensaufgabe, aber es lohnt sich.

Du als Mensch wirst das bereits wissen.
Mich braucht es nicht, um dir das zu sagen, du weißt schon alles, aber vielleicht sind Erinnerungen manchmal ganz fein und hilfreich.

Ich bitte an dieser Stelle, von jedweden Verallgemeinerungen, gewolltem Missverstehen und den 08/15-Drohungen und Gleichnissen abzusehen.
Ich möchte nicht vergewaltigt werden, nein.
Auch meinen Kindern, die ich vielleicht in ferner Zukunft einmal haben werde, sollte man nicht wünschen missbraucht oder vergewaltigt zu werden, damit es die „Mudda" dann mal lernt und auf Jagd geht, um Köpfe abzuschlagen.

Ich bin ebenfalls keine Verfechterin der „Alles egal"-Attitüde und keinesfalls ist es hilfreich, mir zu unterstellen, ich würde Dinge verherrlichen und kleiner machen, als sie sind.

Dinge geschehen.
Unrecht geschieht.
Gewalt, Mord, Missbrauch, Unterdrückung und Ausbeutung geschehen.
Sie geschehen jeden Tag und daran ist keine spezielle „Sorte" Mensch Schuld.
Es ist DER Mensch.

Und so, wie jeden Tag Unrecht geschieht, so geschehen auch Liebe, Fürsorge, Befreiung, Mut und Möglichkeiten.
Und auch das kann der Mensch.

Stell dir vor, du könntest Gesichter, Gedanken und Bewegungen lesen

Würde ich ja sehr gern.

Und dich, du schreibst und sagst immer so nette Sachen und spuckst so klebrig süße Worte.

„Könnten wir uns nicht einfach in eine riesige Badewanne legen, uns verbarrikadieren, die Welt Welt sein lassen und uns gegenseitig vorlesen, bis unsere Haut altem Zeitungspapier ähnelt?"

„Ich hasse diese aufgeweichte Schrumpelhaut, und wenn wir uns dann berühren, ist das so, als würde man mir Nadeln unter die Fingernägel schieben."

Pfui.

Dann stoße ich reflexartig mit der Zunge gegen die Zähne, weil ich das so schrecklich finde.

Schrumpelfüße, bäh!

„Aber wir wären gezeichnet, Zeitungspapier eben!"

Nein, darin wickelt man Fisch ein, entsorgt alte Kartoffelschalen und gibt den Dieter Bohlens dieser Welt eine Bühne, das möchte ich nicht.
Ich will, dass du mein Lieblingsbuch wirst.
Eines, das von Liebe, Weltschmerz, Wut, Kämpfen, Wachsen und Lernen erzählt.
Eines, das dich in den Bann zieht, das du stets aus der Tasche ziehen kannst, wenn dir die Worte fehlen oder du im Begriff bist, etwas Kluges zu sagen.
Eines, das du heimlich Herzensnachschlagewerk nennst.

Ich wünsche mir einen weichen Einband, den ich immer und immer wieder berühren kann und will.
Will dich mit mir rumtragen, jeder schönen Begegnung eine Zeile schenken, dich jede Nacht neben mein Kopfkissen legen, dich befühlen, küssen, an mein Herz pressen und deinen Geruch aufsaugen.

„Also schreibst du mich dann voll, saugst mich auf und schläfst jede Nacht mit mir ein?"

Ich zeichne dich, lese aus dir vor und liebe dich, auch wenn du abgewetzt, ausgeblichen und uralt geworden bist.

Keine Zeitung, keine kreischenden Schlagzeilen, keine lustlose Schreibe.
Eine Intensitätensammlung in weich und du.

Die Bedürftigkeit der Gefühle

Ich sitze im Bus, presse mein Gesicht an die kalte Fensterscheibe und beobachte die Menschen da draußen.
Sie wandern umher und gehen ihrem Leben nach.
Ich sitze hier in einer kleinen Blase aus Fragen, Gedanken und Traurigkeiten.

Da laufen sie.
Die Hände in den Taschen, den Blick nach vorn gerichtet und sie atmen, denken, fühlen, trauern, lieben und leben, während sie das tun.
Ein kleiner Junge hüpft auf und ab und verzieht sein Gesicht zu wilden Grimassen.
Er lacht und sieht nach Freude aus.
Seine Schuhe blinken und ich kichere.

Ein Mann huscht über die Straße und stolpert.
Eine Frau starrt auf ihr Handy und verpasst den Bus.
Ein Mädchen bindet sich einen Zopf und lässt ihren Blick schweifen, unsere Augen begegnen sich und wir lächeln einander an.

Ich frage mich, wo sie hingehen, was sie umtreibt und ob sie glücklich sind.

Wälzen sie Sorgen?

Denkt der alte Mann an seine Frau, die zuhause auf ihn wartet?

Wurde die junge Frau gestern von ihrer Liebe verlassen?

Überlegt der junge Mann, ob er sich trauen sollte, seiner Liebsten einen Antrag zu machen?

Fürchtet sich die graue Dame vor ihrer leeren Wohnung?

Wurde der Busfahrer heute morgen mit einem Kuss verabschiedet und wird zuhause vermisst?

Ist der Bauarbeiter einsam?

Summt der Junge gerade sein Lieblingslied und träumt von einer großen Karriere?

Werden diese Menschen geliebt? Lieben sie? Was suchen sie? Woran scheitern sie?

Fragen sie sich, ob ich gerade traurig bin?

Ich richte mich auf, strecke mich und seufze.

Hinter mir nimmt ein hübscher Mann Platz.

Er beugt sich nach vorn, küsst meine Schulter und beginnt, mein Haar zu bürsten.

Vor mir sitzt ein Junge.

Er dreht sich um, lächelt mich an und malt mir ein großes, schwarzes Herz auf die Brust.

Neben mir sitzt die Liebe.

Sie streichelt meine Wange, entschuldigt sich wortlos, drückt mir einen Zettel in die Hand und steigt aus.

Der Zettel ist ganz glatt und in klaren, scharfen Lettern steht dort „Keine Angst, du bist nicht allein und du bestimmst heute nicht über den Rest deines Lebens."

Ich lächle, schaue aus dem Fenster und erkenne.

Menschlichkeit.
Angst, Sorgen, Glückseligkeit, Hoffnung, Ablehnung, Kampf,
Wut, Traurigkeit, Liebe und Zuversicht.
Die Bedürftigkeit der Gefühle, mich und dich in jedem Ge-
sicht und dass das eben so sein muss und sich so gehört.

Die Liebe

Ein seltsames Ding ist die.

Auf leisen Sohlen schleicht sie sich an die ausgesuchten Menschen ran, umhüllt sanft und schnürt und schürt.

Feuerchen in der Brustgegend, kribbelnde Schädeldecken, Lippen und Körpermitten und der Mensch schaut in den Spiegel, taucht tiefer als sonst oder jemals zuvor in die eigenen Augen und erkennt.

Feuer, Wasser, Erde, Luft und etwas Neues.
Die Liebe.

Da steht der Mensch, befühlt das eigene Gesicht, lächelt laut und liebt ganz leise.

Aus dem Hintergrund schält sich das Gefühlsgegenstück, bahnt sich seinen Weg und verweilt.

Hände, die auf Schultern, Hüften und in wirren Haaren ruhen.
Hände, die suchen und finden.
Hände, die ineinander greifen und bleiben.

Münder, die einander küssen und Worte flüstern, die nur den Liebenden gehören.

Herzen, die Blut durch den Leib pumpen, weil die das eben so tun, dies aber ambitionierter und treibender als zuvor.

Zwei Gesichter in diesem Spiegel.
Lächelnd, sich entdeckend, erkennend und liebend.

Und die Liebe?

Die umhüllt und spinnt und schnürt die Menschen ein, fesselt sie aneinander, haucht unbekanntes Lebensgefühl ein und ist sich ihrer so lebensnotwendigen und dankbaren Position bewusst.

Sie beschließt zu bleiben und sich stets in Spiegelbildern, Streicheleinheiten, geflüsterten Worten, Schweigen, Lachen und dem großen Ja zu zeigen.

Ganz leise, ganz wahr und einfach da.

Brummkreiselmädchen und graue Kniestrümpfe

*D*as Mädchen entledigt sich ihrer Schuhe, dreht sich im Kreis, jauchzt, lacht und wird von mir Brummkreisel genannt.

Der luftige Rock schwingt beherzt um ihre Hüften, gewährt Auftrieb und sieht nach Frühling aus.

Die blassen Beine hüpfen geschwind, tragen in Richtung Liebe und kommen vor eben dieser zum stehen.

Das Mädchen greift nach der weichen, großen Hand und zieht den Mann, der diese mit sich führt, an sich.

Irritiert ist der Frühlingsjunge.

Er lächelt leise, sagt kein Wort und doch erzählen seine hellblauen Augen 1000 verzückte Liebesgeschichten.

Ich sitze hier und beobachte dankbar dieses Blühen der Liebe. Spüre ihre Blicke, ihr Lächeln, ihre Herzen, die sich, gleich

den Mündern, zart und dennoch ungestüm einander nähern.
Schön sieht das aus.
Nebst Rockmädchen, Blauaugenjüngling und strahlender Sonne neigen sich zart geschmückte Äste.
Rosa und schneeweiß.

Ein bisschen viel, denke ich so bei mir und fühle mich, als hätte man mich in ein Stillleben gemalt, das in einen zarten Rahmen aus Gold und Geduld gehört.
Einen schönen Strich hat der Künstler.

Ich sitze hier, belächle meine Melancholie, meine grauen Kniestrümpfe und gebe den Fremden ganz geheime Namen.
Sie entfernen sich, schweben Hand in Hand dem Sommer entgegen, halten hier und da kurz inne, um einander zu betrachten, zu küssen und zu befühlen.
Mit jedem gemachten Schritt inniger verbunden.
Ganzjahres-, ach was, Ganzlebensliebe.

Mein Rock ist schwarz, sitzt etwas zu eng um die Hüfte und scheint mir unangemessen.
Ich strecke die grauen Beine aus, atme tief und spüre irgendwo in der Körpermitte einen bunten Brummkreisel, der hüpft und ungeduldig ist.
Dieses wilde Bauchgefühl, dieses lebendige Ding fordert mich auf, meine Strümpfe auszuziehen.
Ich gehorche, kichere in mich, wandere nacktfüßig in Richtung Rosa und Weiß, kaufe mir ein Erdbeereis und der Liebe eines aus Vanille, Sonne und Leben.

Liebe mich für das, was ich bin und noch mehr für das, was ich nicht bin!

Das Mädchen steht in dem grauen Garten, weint und schreit dem Nachbarsjungen wüste Liebesideen entgegen.

Von wilden Züngeleien, verbrannten Fingerkuppen, verklebten Träumen und emotionalen Defiziten erzählt sie.

Er steht dort, rauft sich die Haare, stottert, schwimmt in ihren Vorwürfen, Tränen und Wünschen.

Gestern lagen sie noch zusammen, hielten sich an den Händen und starrten gemeinsam in die Nacht.

Gewandet in schwarze Bettlaken, dunkelroten Wein trinkend und einander erkundend.

Der Nachbarsjunge.

In der Schule saß er immer neben ihr, roch nach Nivea, Capri Sonne und irgendwann nach Kusswünschen und rosa Herzchen.

Boybands waren uninteressant, hüftschwingende Popstars sowieso immer zu viel von Allem und der Nachbarsjunge war fassbar.

Und da stand er am gestrigen Abend.

Die Haare kraus, die Ideen klar und er lächelte, als er sie sah.

Wein, verstohlene Blicke, noch mehr Wein, rotbemundete Offenbarungen und erste Endlichküsse.

Die Nachbarskinder und jetzt Erwachsenen verknoten sich, toben, holen auf und nach.

Sie will so unbedingt ankommen, bleiben und das Glück festhalten.

Er spielt kurz mit, träumt sich mit ihr fort und seufzt, weil sie schon immer so schön war und er das erst spät erkannte.

Das Mädchen wühlt in Tortenresten, leckt sich die Finger und weiß, dass sie in die Leere liebt, wünscht und hofft.

Schön wäre das letzte Nacht gewesen, noch schöner wäre der endlich erfüllte Wunsch.

Sie könnten doch gemeinsam Caprisonne trinken und sich gegenseitig eincremen.

Sie könnten doch von früher sprechen und davon, dass er nie in ihr Poesiealbum geschrieben hatte.

Er könnte es doch jetzt tun, oder?

Irgendwas von Mädchen, Trieben und Torte.

Das wäre doch schön.

Er könnte sich doch jetzt, nach dieser Nacht, in sie verlieben – oder?

Er könnte doch ausblenden, dass sie die nuschelne Banknachbarin gewesen war, mit der niemand spielen oder sie gar küssen wollte.

Er könnte doch noch einen Rotwein trinken und sie, sie würde ihn in schwarze Laken hüllen und ihm nochmals zeigen, dass sie durchaus küssbar ist.

Da steht der Junge und hört dem Mädchen zu.

Er will das nicht.

Er mag keine Caprisonne mehr, Poesiealben waren ihm schon immer ein Graus und die schreiende, gestern noch aufregende Neufrau ist ihm fremd oder eben zu vertraut.

Sie lieben?

Wie soll das denn gehen?

Sie war doch immer noch das Mädchen, das neben ihm sitzt, ihre struppigen Haare zu ungleichen Zöpfen bindet, eine Zahnspange trägt und zuviel schwitzt.

Nicht aufhören zu lieben

*N*icht aufhören zu lieben" flüstert das Mädchen, während es sich an dem Jungen reibt, sich in sein Brusthaar krallt, seinen Hals küsst und auf ihn steigt.

Nicht aufhören!

Atmen, Essen, Küssen, Bettwäsche wechseln, Käsebrote schmieren, Gabeln ins Auge pieken wollen, schön finden, hässlich sein, tanzen, zweifeln, keifen, ficken, loslassen, anfassen und all den romantischen und verachtenswerten, weil herzlichen Scheiß.

Nicht aufhören zu lieben, obschon man manchmal hasst.

„Nicht aufhören zu flüstern, ja?"

„Nicht aufhören zu wollen, ja?" – sagt der Junge, umfasst ihren Nacken, küsst das Mädchen, beißt in ihre Unterlippe, trinkt ein bisschen Leben und noch mehr Liebe, schmeckt heißes Blut, die süße Mädchenverzweiflung und weiß um die Möglichkeiten der Unmöglichkeit.

Einst hatte er ihr einen dunklen Wolf auf ihren Bauch gezeichnet.

Giftgrüne Augen, messerscharfe Zähne und schwarzes Fell.

Dieses Tier thronte stolz und wütend über der Mädchenscham und galt als Sinnbild dafür, dass das Tier zu jeder Stunde Besitz von ihr ergreifen könnte und würde.

Ein zartrosa Herz wurde auf ihre linke Brust gezeichnet.

Eine blasse Brust, die schwer wog und tausende Male von ihm befühlt, geküsst und gebissen wurde.

Blaue Flecken nebst Herzchen und ein Versprechen, dass er um ihr fassbares Herz, dieses Lebens- und Liebesorgan, wisse und ihm huldigen würde.

Ein Halsband wurde dem Mädchen angelegt.

Ein schweres Schloss um den zarten Hals und ein Schlüssel in den Händen des Jungen.

Sie, der Besitz und das eigens ausgesucht Geschenk.

Er, der Besitzer, Beobachter, Genießer und Herrscher über Leib, Seele und Kehle.

Kleine Tränen wurden in ihr Gesicht gezeichnet.

Farblose, schwere Tropfen.

Schwermut, Schmerz, nach Linderung und Liebe schreiende kleine Tropfen, die das Mädchen schmückten.

Meist übersah der Junge den zarten Regen, aber in stillen und schwachen Momenten ließ er das Mädchen, sein Mädchen, auf seinen Schoß, zog es nah an sich, öffnete den Mund, ließ sich beweinen und füttern.

Während er von der Traurigkeit und Furcht kostete, liebte er innig und murmelte Schwüre von der großen Liebe und davon, dass diese niemals enden würde.

Da hockt das Mädchen, gezeichnet, gewollt, geliebt, geschwächt und schwer atmend.
Es hockt nackt auf dem Jungen, der eigentlich schon lange Mann ist, weint und bettelt.
Bettelt um Hingabe und darum, ihn ebenfalls zeichnen zu dürfen.
Darum, ihm ein Schloss anzulegen und dass er bleiben möge.
Darum, neben ihm groß und stark werden zu dürfen und darum, dass er den Griff niemals lockern dürfe.

Er umfasst sie, greift in ihr Schenkelfleisch, bemerkt die Nachgiebigkeit dessen, seufzt tief und zieht den Mädchenschoß an seinen Mund.
Er küsst, verweilt, schaut auf und spürt, wie sich ihre und die seinen Tränen vermischen.

Aufhören? Loslassen? Gehen?
Niemals.

Bleib doch einfach oder nicht

Da steht der große Junge, fühlt sich ganz klein, streichelt mit den nackten Zehen das morgenfeuchte Gras und starrt über die bunten Herbstkronen, die Hügel und jede Kindheitserinnerung, die eigentlich vergessen und verblasst zu sein schien.

Bleib doch einfach oder nicht!
Sei doch einfach oder nicht!
Artig sein und immer pünktlich zuhause.
Abendessen steht auf dem Küchentisch.
Die Wachstuchtischdecke ausgeblichen, an den Enden zerknibbelt und fransig.
Sein Platz.
Sein Becher lauwarmen Pfefferminztees, seine Käsestulle, sein Kindermesserchen mit blauem Griff.
Seine Eltern, die sich gegenseitig mit Neckereien, Schweigen, Diskussionen und Einigkeit begegnen und beschenken.
Stets pünktlich und lauwarm.

Dort im Wald, hier zuhause.
20 Jahre später.
Bleib doch einfach oder nicht!

Die Sonne geht unter, der Nebel verhängt das eigene Gemüt und wirft unangenehme Fragen auf.

Bleiben?

Gehen?

Ankommen?

Suchen?

Zurück zu dem traurigen Mädchen, das in der großen Stadt auf ihn wartet?

Am gemeinsamen Küchentisch würde sie sitzen, in ihrem Tee rühren, warten bis er erkaltet und auf den gegensätzlichen, geliebten und so warmen Jungen warten.

Traurige Augen an einem einsamen, nackten Tisch.

Bleiben in dem, was sich wohl nach zuhause oder Heimat anfühlen sollte?

Den Eltern beim Verleben zuschauen und feststellen, dass der Tisch, das Wachstuch, die Teetassen und die Liebe ausgetauscht wurden?

Bleib doch oder einfach nicht!

Sei doch einfach!

Sei artig!

Sei Sohn!

Sei Liebe!

Sei Zuversicht, Kraft und irgendwas mit Herz.

Da steht der Junge, verabschiedet sich von der Sonne, den Kindheitsträumen und der wartenden Liebe.

Gehüllt in Nebel geht er in die Knie, befühlt das immerfeuchte Herbstgras, benetzt sein Gesicht mit der Restnässe des Tages, bemerkt seinen Irrtum und die verronnenen Stunden.

Eben noch Morgen, jetzt bereits eine sich ankündigende Nacht.

Eben noch Kind, jetzt schon groß und gar nicht so klug und stark, wie erwartet.

Die Eltern warten nicht mehr.

Das Mädchen weint.

Er wird zu ihr fahren und ihr Pfefferminztee kochen.

Großstadtliebchen und verstandene Klassiker

*E*r: eine große, haarige Brust, bunt und bewandert.

Sie: einen kleinen Bauch und ein großes Herz unter freiem Busen.

Jene, die schon irgendwie irgendwas mit klug, schön und Charme waren, wenn man ganz genau hinsah.

Schienenläufer, Whiskeysäufer und stets ging unter ihren Händen, Füßen oder Mündern etwas zu Bruch.

Von Liebe wenig Ahnung, aber Millionen Ideen.

Gegenseitig füllt man sich die Gläser und Herzen nach, bescheinigt sich lallend und auf kleinen, bunten Zetteln, dass man ja irgendwie reichlich sexy, anfassbar, toll und doch so verdammt seltsam wäre.

Die nehmen sich auf und in den Arm.

Streckenumarmungen, Speichel, Schnapsreste im Nabel und niemals Frühstück.

„Vielleicht mal eine finden, die man behalten will." sagt er.

„Vielleicht mal einen finden, der mich wirklich und nachhaltig berauscht." sagt sie.

Eine Weltenbummlerin mit Herz, Hirn und gemalter Hülle.

Einen Therapeuten mit großem Penis, noch größerer Fresse und Witz.

Da sitzen die beiden Großstadtklischees, schütten sich aus und zu und suchen nach etwas, von dem sie keine Ahnung, wohl aber eine Vorstellung haben.

Sie sprechen von der Liebe, den Unmöglichkeiten, den Versuchen und Versuchungen und ganz versteckt von ein bisschen Leere.

Sie küssen einander, weil sie gerade da sind und das so gut können.

Sie ent- und bekleiden sich.

Er trägt ihr Sommerkleid und sie schminkt seinen schönen Mund.

Sie trägt sein Feinrippunterhemd und er malt ihr einen Schnurrbart.

Sie lachen einander an und aus.

Hübsche Gegenstückchen sind das.

Hübsch, wie sie sich spiegeln, verlachen und satt machen.

Harte Zeiten für Träumer.

Die Reise ist lang.

Flieder und Gummibärchen zum Frühstück

Mann und Frau hatten sich stets knapp verpasst, waren ungesehen aneinander vorbei gehuscht, saßen in getrennten Zugabteilen und zu verschiedenen Tageszeiten auf derselben Parkbank.

Nachbarn waren sie seit Jahren und blind schon immer, das machte aber nichts aus, wusste man doch nichts von der Existenz und dem betörenden Geruch und Sein des Anderen.
Eines lauen Frühlingsabends saßen die beiden Seelen nebeneinander auf der grauen Parkbank und sahen einander an.
Einfach so, einfach da, atmend und nötig.
Verstohlen, musternd, neugierig.

Er würde solange sitzen bleiben, bis sie gehen würde.
Keine Minute würde er von ihr weichen.
Sie erkannte, ohne zu wissen und blieb.
Wortlos rückten sie einander näher, verharrten in diesem Augenblick, begutachteten den roten Horizont und das bunte Treiben auf den Straßen und Wiesen.
Hier sollten sie gemeinsam sein, den Anderen atmen und das Pulsieren der Fremdmenschen aufnehmen, um sich für das bevorstehende Abenteuer zu stärken.

Ganz vorsichtig und zögernd fanden sich Hände, griffen ineinander, streichelten und hielten fest.
Haare verbanden sich miteinander und bildeten ein rotblondes Tau aus Zuversicht und Lust auf Leben.

Da saßen sie.
Wortlos, lächelnd und warm.
Sich befühlend, umarmend und zaghaft küssend.
Ein Seufzer hier, ein Danke dort und wohlplatziert werden Küsse auf Stirn, Mund und Schlüsselbein gehaucht.

Jahre später erzählt sie mir davon, offenbart ihr langes Haar, das noch immer etwas von seinem Blond durchdrungen war, lächelte und bezeichnete den so lange ungesehenen Nachbarn als Abenteurer, Glücksbringer und Lebensbelohnung.
Nach Flieder und Gummibärchen hätte er an jenem ersten Abend geschmeckt und an jedem darauffolgenden Morgen.
Glück hätte er in seinen Hosentaschen mit sich rumgetragen und geschenkt hätte er so viel davon, dass sie sich nicht mehr erinnern könne, wie Traurigkeit eigentlich schmecken würde.

Ich lausche, breite mich und mein Herz aus, befühle mein kurzes Haar und meine kleine Sehnsucht nach Verbundenheit, strecke mich, atme tief ein und fühle mich hier auf meiner Parkbank ganz wohl.
Morgen werde ich mir etwas Glück in meine Hosentaschen packen und mir meine Haar lang wachsen lassen.

Rostrot

Die Vergessenen vergessen, die Verlassenen verlassen und die Wahnsinnigen irren sich und umher. Absurd, dieses Gefühlsgeflecht.

Manch einer nennt das ja Liebe, ich hingegen, ich nenne das Körpermittenverirrung!"

„Und dann wollen die Menschen immer geliebt werden.

Für das, was sie sind und sein wollen und noch mehr für etwas, was sie nicht sind und niemals sein werden.

Für ihre beschissenen Makel, Fehler und Dummheiten, das ist schon etwas wahnsinnig, denkst du nicht?"

Der fremde Mann sitzt neben mir, zieht kräftig an seiner Zigarette und hustet laut.

Graues Haar, ein erstaunlich dunkler Schnurrbart, ein schmaler Mund.

Er muss an die 60 sein und sieht nach Leben aus.

„Richtig interessant wird es für die Liebessuchenden ja auch erst, wenn es anfängt, richtig weh zu tun.

Wenn der Schmerz sich durch den Brustkorb frisst, man toben und kreischen kann und sich wie ein Irrer benehmen darf.

Die Menschen verstehen das und sagen nichts dazu.

Verrückt, wenn du mich fragst".

Ich habe ihn nicht gefragt.

Ich habe nur hier auf der Bank gesessen, meinen Rollkragen hochgezogen, bis man nur noch meine bebrillten Augen und einen Teil meiner Nase sehen konnte und in einem zerlesenen Buch nach Worten gesucht, die mich glücklich machen.

„Früher, da war ich einer von den Guten.

Ich habe Wale gerettet.

Ich habe Gold gewaschen.

Ich bin mit meinem besten Freund, meinem Hund, der rostrotes Fell und die schönste Seele hatte, durch Alaska gewandert.

Ich habe nur Ja gesagt, wenn ich es wirklich so meinte.

Noch früher habe ich Geld gefälscht und mir dementsprechend falsche Frauen gekauft.

Von der romantischen Liebe habe ich nur gelesen und sie war mir immer fremd".

Ich studiere sein Profil.

Er ist schön.

War er bestimmt schon immer.

Tiefe Furchen zerklüften sein Gesicht und sie schmeicheln ihm.

Bartstoppeln schmücken das kantige Kinn und lassen ihn erscheinen, als wäre er angemessen nachlässig.

Er schaut mich an.

Kein Lächeln, kein Zucken, nur fremde grüne Augen eines Walretters, der Gold suchte.

Ich bin immer noch eine von den Guten – sage ich, rücke den Rollkragen zurecht und wende mich wieder meiner Wortsuche zu.

Er räuspert sich und scheint nun mich studieren zu wollen.

Wir schweigen.

In meinem Buch hatte ich schon vor Jahren meine Lieblingsworte rot umrandet.

Die Farbe der Liebe, sagt man.

Die Farbe des Lebens, denke ich. Worte wie Endlichküsse, rotbemundet, Mädchengeruch und Lebensbelohnung.

Ich zögere nicht, klappe das Buch zu, wende mich dem Geldfälscher und Alaskawanderer zu, lege mein geliebtes Buch auf seinen Schoß, nehme sein raues Gesicht in meine Hände und küsse seinen harten Mund.

Er hält still und die Luft an.

Ich löse mich, lächle ihn an, nicke und verabschiede mich wortlos. Rostrot.

Auch ein schönes Wort und meine Lieblingsfarbe.

Mädchen, Medizinmenschen und Marmelade

*E*inmal traf ich auf ein Mädchen.

Blond, zart und vernarbt.
Das wilde, störrische Haar gleich den Gedanken.
Ein schöner Mensch.

Von der Liebe, den Fremden und dem Scheitern an sich und
den seltsamen Herzensdingen erzählte sie mir, während sie
unablässig Zigaretten zwischen ihren blassen Fingern drehte.

Da saß sie auf meinem Bett, auf meinem Schoß und Sekunden
später in meinem Leben.

Ordinäre Liebe könne sie nicht, Menschen wären schon immer überdosierte Medizin oder zweibeinige Abscheu gewesen
und viel zu oft habe sie heimlich weinend in der Küche gesessen, um sich und ihre Narben mit zuckersüßer Marmelade zu
bestreichen.

„Irgendwie muss man doch zu etwas Genießbarem werden, oder?"

An ihr verdürbe man sich nur Magen, Gefühl und irgendwas
mit Herz.

Seltsam, dieses Ding.

Vom Meer erzählte sie, während sie meinen Nacken küsste und mich fragte, wie Schönheit eigentlich wirklich aussähe.

Die Liebe verfluchte sie, während sie in meinen Schoß weinte und sich kleine Pfützen aus Salz, Zucker, Feuchte und Aufgeben auf meinen Schenkeln sammelten.

Von vergangenen Burschen, Liebesbekundungen, Versuchen und Ringen an Fingern und unter den Augen sprach sie und verfiel dabei in einen Taumel aus Qualen, Wasser und Wollen.

Und ich?
Ich schwieg.
Ich nickte.
Und ich liebte.

Eingehüllt in diese schmerzliche Altlasten, Narbengeschichten und rauchige Küsse entschlief man Hand in Hand, nicht ohne sich wortlose Treue zu schwören.

Heute morgen wachte ich auf.
Sie war fort.
Und ich?
Ich zählte ein Dutzend mit Marmelade beschmierter Narben in Form ihres zuckersüßen Mundes.

Dunkel, hart und vernarbt.

Fragmente des Loslassens

*D*er Typ liegt auf dem Bett, frisst Toast, krümelt das frische Laken voll und raubt der Braut den letzten Nerv.

Er kaut so laut, starrt vor sich hin und zaubert einen Kreis aus gerösteter Wut um sich herum.

Vor vier Jahren war er in ihr Leben gerauscht.

Einfach so.

Die Tür stand offen, es hatte einfach jemand nicht aufgepasst und den fremden Burschen unbemerkt reinkommen lassen.

Die Musik und das Menschengewirr war bis vor die Tür gedrungen und er musste einfach erforschen, woher dieses hypnotische Gemurmel kommen mochte.
Die Tür stand offen und sie ebenfalls. Irgendwie.

In den folgenden Jahren, die zwischen Bett, Taxi, halbblöden Illusionen und emotionalen Ringkämpfen so vor sich hin schwanden, erzählte er immer wieder davon, wie er sie in dem ersten, diesem einen Moment, wahrnahm.

In der dunkelsten Ecke des Hausflurs hatte sie gestanden, ein Weinglas an ihre Lippen balanciert und sich der Avancen eines betrunkenen Halbfreundes erwehrt, der sich etwas zu intensiv an dem ausgewaschenen Blumenkleid, das sie trug, erfreute.

Den Überdruss hätte man ihr angesehen, die lockeren Strähnen hätte man aus ihrem Gesicht streichen wollen und das kleine Kleidchen hätte man sofort geliebt.
Den komischen Typen hätte man sofort verachtet und das kalte Bier in der eigenen Hand hätte sich auf der Stelle in brodelnden Sud verwandelt, den man gern über den Kopf des fremden Idioten geschüttet hätte.
Ritterliche Ideen eben und schnödes Besitzenwollen.

Immer wieder erzählte der Typ von diesem Augenblick, als sie aufsah, in seinem Gesicht klebte und da nicht mehr weg wollte und sollte.

Hypnotisch, blöde Kackscheiße, die dem Alkohol, der schwülen Resthitze der Sommernacht und den hektischen Fremdaugen zweier Getriebener geschuldet war.

Fragmente, die sich fügten.
Er, der Fremde.
Sie, das Blumenmädchen.

Beide unwissend, wie es dazu kommen konnte, dass sie irgendwann schweigend, trinkend und händchenhaltend auf dem Balkon saßen und ihre nackten Füße in die schwüle Nacht streckten.
Geküsst hatte man sich, bevor man den Namen des anderen wusste.

Diese eine Nacht.
Dieser eine fremde Mann.

Dazwischen Jahre.
Rausch, Kater, große Ängste, kleine Fehler und ein stetes Festhalten.
An Stränden liegen, Ringe austauschen, Eltern blöde finden, auf Küchentischen, Flug- und Clubtoiletten ficken, sich die wahre Liebe bestätigen, sich grün und blau prügeln und liebkosen.
Planen, sich verlaufen und irgendwie immer zurück ins heimische Bett finden.

Jetzt liegt er da, riecht immer noch so, wie in der ersten Nacht und krümelt das verdammte Bett voll.

Er nuschelt unverständliches Zeug von der blöden Arbeit und der dicken Kollegin, die ihn wahnsinnig macht, weil sie ihn so sehr an seine verstorbene Tante Magda erinnert.

Die Braut liegt neben ihm, streichelt abwesend den rasierten Kopf des eigentlich so Geliebten und trägt dieses ausgeschwaschene Blumenkleid.

Die Krümel ärgern sie.

Sie schweigt, hört kurz in sich, schwingt sich auf und positioniert sich rittlings auf dem Mann, der sich irritiert an dem Brot verschluckt.

Er grinst selig.

Sie küsst ihn, umschlingt seinen drahtigen Körper mit ihren nackten Schenkeln, reibt ihren Schoß an seinem, schaut in sein Gesicht, erinnert sich an diese eine Nacht und lässt los.

Die Türen waren verschlossen.

Die Geschichte von Jonas, Johanna und einer namenlosen Maus

Jonas und Johanna. In seinen Ohren klang dieses Jojo gar nicht so lächerlich.

Jonas sitzt am Küchentisch.

Allein.

Der Tisch ist alt, zerkratzt und übersät mit den Flecken vergangener Tage und Nächte, die sich aus Rotwein, lautem Lachen, salzigen Tränen, hitzigen Diskussionen und glücklichen Frühstücksorgien zusammensetzen.

Zerkratzt, zerfurcht und vom Leben ausgeblichen ist dieser Tisch.

Jonas findet seinen Platz an diesem Tisch genau richtig, ja geradezu angemessen.

Er fühlt sich wie der Tisch.

Spuren hatten die Jahre und Gefühle hinterlassen.

Vernarbt war er.

Johanna hatte ihn verlassen.

Einfach so.

Jonas kann sich nicht erinnern, wann sie gegangen war.

Gestern?

Vor einer Woche?

Vor 10 Minuten?

Jonas und Johanna.

In seinen Ohren klang dieses Jojo gar nicht so lächerlich.

Ihre gemeinsamen Freunde witzelten immer und verglichen das Paar und die gelebte Liebe mit dem innig geliebten Kinderspielzeug.

Auf und ab und bunt und an der langen Leine.

Ab und an verheddderte man sich und zog sich dann doch wieder an dem Hoch und Runter straff.

Jonas und Johanna.

Sie mochten dieses Bild und einander.

Nun war sie einfach fort.

Hatte ihre Sachen genommen, das große Plüschkissen und ihr Herz einfach aus der Tür getragen und kein Wort des Abschieds hinterlassen.

Da saß er nun an diesem verlebten Tisch und rührte geschwungene J´s und O´s in seine kalte Tomatensuppe.

Jo und Jo.

Allein war er und nicht.

Sie hatte ihm etwas gelassen.

Eine namenlose, einsame Maus.

In der mit Pflanzen ausgeschmückten Ecke, neben dem großen Fenster und in einem kleinen Käfig gefangen, fristete das unschuldige, kleine Ding sein Dasein.

Kläglich und bedauernswert, dieses Leben.

Jonas stellt den kleinen Käfig auf den großen Tisch, platziert das Ding mittig und schaut dem kleinen Tier beim Essen zu.
Sie essen gemeinsam, beäugen sich und schweigen.
Ganz allein war diese namenlose Maus.
Ganz allein war dieser Jonas.
Ganz weit weg war seine Johanna.

Jonas weint in die Suppe.
Die kleine Maus hält inne und starrt den weinenden Mann an.
Ganz unverhohlen, ganz wertfrei und verständnisvoll.
Das Tier ist tief getroffen, hockt auf einmal ganz nah an den Gitterstäben und versucht seinen kleinen Kopf durch den engen Spalt zu drücken.

Jonas streckt seine Hand aus, streichelt mit seinem Finger über den zarten Mausekopf, verwässert seine Gedanken und lächelt.
Johanna war fort und hatte ihm doch etwas gelassen.
Erinnerungen.
Einen Freund.
Einen namenlosen Wegbegleiter.
Er wird ihn Jo nennen.

Kann man ja mal machen

Es war kurz nach 10, ich kann mich nicht erinnern ob vor oder nach Mitternacht.

Die Gestalten um mich herum sahen nach längst überschrittener Geisterstunde und unerledigten Aufgaben aus, die bereits seit Jahren, unter dem Wust des Restrausches, begraben zu sein schienen.

Da saß ich, in tiefes Blau und blätterndes Bewusstsein gekleidet. Das Kleid saß etwas zu eng um Brust und Hüfte, umgriff meinen runden Trinkerbauch und fraß sich seinen Weg durch das durstige Fleisch.

An einem von den vielen billigen Goldbraunen hielt ich mich fest, ließ meine Finger durch die fliehenden Eiswürfel gleiten und fokussierte meine kühlen Fingerspitzen.

Ein wenig aufgeweicht, weiß und wellig.

Hier atme ich also.

Der unbekannte Barmensch schweigt, bedenkt mich mit nur allzu bekannten Blicken und lässt dieses eine, dieses ganz schlimme, dieses unglaublich rauchige und traurige Tom Waits-Album durchlaufen.

Immer und immer wieder.

Ich rühre, schlürfe langsam, rauche Kette und nicke, um den Fluss nicht zu unterbrechen.

Jung bin ich, glaube ich.

Vielleicht Ende 20.

Die Spuren des Goldbraunen halten sich noch gnädig zurück, doch sehe ich sie wandern und ihre Zelte in meinem Körper, meinem Gesicht und meiner Seele aufschlagen. Zügig schreiten sie voran, lassen meinen Kopf glühen, mich fahrig werden und um meine Libido fürchten.

Sex.

Ja, den gab es auch mal.

In laut, wahr, liebend und gewollt.

Klar war der vielleicht etwas verschmiert und gewollt verdreckt, aber keinesfalls goldbraun.

Heute badet dieses Körperklatschen und Keuchen permanent in einer Soße aus Vergessen, Prozenten und kleinen Pieksern in Herz und Bauchgegend.

Ich heiße Marlene, vielleicht aber auch Theres oder Grit, ich kann mich nicht erinnern.

Gestern wusste ich es noch, glaube ich.

Vielleicht finde ich meinen Namen und alte Erinnerungen wieder, irgendwo dort auf dem Boden des vertrauten Glases.

Könnten die aufgeweichten und schwachen Fingerkuppen überhaupt so schweres Gut bergen?

Ich weiß es nicht und nicke dem Barmenschen zu, der zusehends grauer und schmaler wird.

Ich rühre halbherzig. Immer und noch.

Das blaue Kleid bleicht aus, hängt sich über meinen schwindenden Leib und bleibt da, um zu bedecken, was für den geneigten Kenner mehr als offensichtlich ist.

Bedeckt ein altes, trauriges Mädchen.

Ein Körperchen, das in goldbraunen Wellen schwimmen gehen wollte und wortlos ertrunken war.

Ich bin jung, glaube ich.

Anfang 50 oder so.

Schwimmen konnte ich noch nie sonderlich gut, könnte man aber noch lernen, denke ich so bei mir.

„Kann man ja mal machen" flüstert mir Tom ins Ohr, nimmt meine letzte Zigarette, trinkt den letzten Schluck und schiebt mir einen Eiswürfel in den schmalen Mund.

Kann man ja mal machen, ja.

Wie man sich der schmerzlichen Liebe entledigt

*L*etzte Nacht, als ich auf dem Gesicht eines bärtigen Schönlings saß, mir die Nägel lackierte und nur kurz befürchtete, der hübsche Junge würde an meiner Weiblichkeit ersticken oder ersaufen, durchfuhr mich neben der artigen Zunge auch ein ganz und gar schrecklicher Gedanke.

Bequem war sein weich-bärtiges Gesicht, ganz und gar unbequem war die funkelnde Einsicht.

Verliebt war ich.

So richtig, wie man das aus Ekel auslösenden Romantikfilmchen kannte.

Ich ließ meine Nägel unfertig und konzentrierte mich auf die Geräusche und Bewegungen des geliebten Mannes.
Er zuckte, schlürfte und sog Luft durch jede klitzekleine Unterleibsecke.

Begraben von meinem Fleisch, schien er glücklich und ich fühlte mich, als wäre ich ein riesiger, rosa Klumpen aus Brust, Labien, Flüssigkeit und eben, ja, Liebe.

Ersticken könnte er an mir, der Liebe.

Schön wäre das, müsste ich ihm doch niemals offenbaren, dass ich zu so einer triefigen Frau mutiert war, die von seltsamen Erwachsenengefühlen und Zukunft sprechen würde.

Elend und bange wurde mir und so presste ich mich wütend und mit aller Kraft weiter in sein Gesicht.
Er genoss, tobte, und gurgelte zufrieden meinen Schoß.

Kurz und heftig.
Keine Gegenwehr.
Lediglich haarige Pranken, die sich in meinen blassen Arsch krallten und nach intensiven Zügen ... nicht mehr.

Da saß ich nun auf der bewegungslosen Liebe.
So mochte ich sie.

Bewegungslos und frei jeder Gefahr.

Die Herzen werden ausgelassen

Weißt du, wenn das Herz wütet und dunkle Farben spuckt, dann helfen auch keine Plaster und Schnüre aus Schnaps, Pimmel und Muschi, mein Lieb.

Und weißt du was?

Die Menschen wissen um die ausbleibende Wirkung der Medikamente, die sie sich so freudig suchen und gierig in sich schütten.

Die leeren Leute dosieren sich dann über, lachen dabei ganz laut und wachen trotzdem irgendwann alleine auf und sehen sich bemalt und freudlos im Jetzt liegen.

Pflaster sind ja ganz nett aber zum Ende der Nacht sind sie eben auch nur grau, ausgefranst und haben lediglich einen kleinen Zweck erfüllt.

Im Geheimen nenne ich die Menschen gern Schmerzzüchter und Schnellschusspoeten und lächle, während ich sie beobachte, wie sie, dem Wahnsinn nah, versuchen wenigstens einmal nicht an sich und ihren Wünschen zu scheitern.

Alle sehen sie dabei so hübsch, anfassbar und dennoch unerreichbar aus.

Wie sie sich finden, erkunden, belieben, verlaufen und sich dann beieinander entschuldigen, weil das Herz eben eigentlich nicht kann oder will.

Verrückt oder?

Liebe bitte auf den ersten Kick und eine bunte Pflasterbox nebst Kondomen unter dem wackeligen Bett.

Einer sagte mal, ohne Boden ließe es sich schwerlich tanzen und während er das augenzwinkernd anmerkte, bemerkten wir, dass da wirklich kein Boden war, den man betanzen könnte und wir gemeinsam strauchelten und über unsere Füße stolperten aber verdammt, was sahen wir dabei großartig aus.

Das macht man nämlich so.

Man fällt, haut sich die Knie an, schürft sich die Körpermitte auf und treibt sich weiter voran.

Neue Pflaster aus Fleisch, Puls, Ideen und Idealideen suchend und Lust an dem Schmerz empfindend, weil wenigstens der vertraut und echt erscheint.

„Das Herz?

Ach, das soll man fein die Schnauze halten und sich nicht so anstellen!

Nicht umsonst sagen die Menschen, dass das pochende, kreischende und pumpende Ding der stärkste Muskel wäre!

Soll es doch einfach mal leise sein, sich bekleben lassen und dabei so hübsch aussehen, wie diese seltsamen Drumherumkörper!"

Da sitzen die beiden Mädchen und streiten sich über das Für und Wider, das Ja und Nein, das Wollen und Sollen und die großen Spurenverteiler der Geschichte, die es zu ersetzen gilt.

Und sie küssen einander, während sie in ihren persönlichen Pflasterboxen kramen und einander von Kopf bis Fuß bekleben.
Die Herzen werden ausgelassen.

Liebe gibt es nicht, sagen sie

Liebe gibt es nicht, sagen sie.

Ist halt bloß Trieb, Befriedigung und ein Warten auf die nächste Nummer, die vielleicht ein bisschen geiler, besser, jünger oder erträglicher ist.

Alle sind sie Tinder und Instagram und alle wären sie so schrecklich oberflächlich und austauschbar, jammern sie.

Für ein paar Nummern geht das ja und alle sind sie bloß Titten, Huren, Arschlöcher und sowieso betrügerische Hunde.

Ist halt einfach!

Ist halt so!

Alles Schlampen!

So ein Irrtum und so ein kultiviertes gegenseitiges Befeuern im grenzenlosen Zynismus.

Liebe gibt es nicht?

Tatsächlich?

Man klatscht nur Genitalien ineinander und sich ab?

Fernsehformate und Tratschschlagzeilen sind also realistischer, als die eigenen Wünsche und Fähigkeiten?

Langjährige Beziehungen sind also gleichzusetzen mit Farb-, Treu- und Freudlosigkeit?

Den Menschen wird das ja so mitgegeben und das ist die Realität?

Fern von Wisch und Weg und Club und Leck existieren so unglaublich facettenreiche Lieben und Leben da draußen.
Menschen, die sich trauen, hingeben, schenken, kämpfen.
Die sieht man nur so selten?
Ach ja?
Küssende und gemeinsam kichernde Omas und Opas.
Sich an den Händen haltende Menschen, die du und ich heißen.
Typen, die für ihre Liebe demonstrieren.
Paare, die Kontinente überqueren, um das Herzzuhause zu küssen.
Träumer!
Macher!

Und die Liebe soll nicht existieren?
Die zynischen Mingle-Ego-Supermarktbumstexte hingegen scheinen wahr und klar?

Der x-te Frusttext, der sich mit keifenden Weibern, Migränebums, untreuen Pullermätzen und bösen Schwindeleien befasst, ist vielleicht sogar einfacher anzunehmen und zu glauben.

Und wenn einer von den Herzen, den Kämpfen, den Träumen und der trotzdem stattfindenden Glückseligkeit und Fähigkeit berichtet ist das irgendwie kitschig und bestimmt nur eine Phase.
Und während man so zynisch auflacht, die Anderen scheiße findet und sich komatös masturbiert, tänzelt draußen vor der

Tür ein Paar durch die Gegend, küsst, liebt, respektiert und vertraut sich.

Sie und Millionen andere.

Könnte man sogar erkennen, würde man es wollen.

Könnte man annehmen, würde man sich nicht zwischen Generation Unfähig und Youpornrealitäten befinden und das dankbar schlucken.

Nebenan umarmen sich gerade zwei betagte Grauköpfe und gratulieren einander zu den eigenen Fähigkeiten und der, seit Jahren, fass- und fühlbaren Liebe.

Single in Berlin

S ingle in Berlin.
Toll.

Betrunkener Narziss mit Bindungsstörung.
Noch toller und in der gesellschaftlichen Mitte angekommen.

„Immer, wenn ich American Beauty sehe, wünsche ich mir einen zarten und hübschen Jungen, der nackt auf meinem Bett sitzt, kluge Dinge sagt und sich von mir filmen lässt."

Immer, wenn ich American Psycho sehe, wünsche ich mir eine

Kettensäge und die verabschiedeten One-Night-Stands zurück, um mich standesgemäß zu bedanken.

Rainald Grebe sang einmal vom Singleleben in Berlin und diversen Arschparaden.
Götz Widmann sang einmal von gebrauchter Liebe, Notausgangsgeilheit und dicken Klickern.
Gisbert zu Knyphausen sang einmal von dem kultivierten Selbsthass und Verdruss.

Gescheite Burschen.
Die kennen sich aus und sind meine Herznachbarn, auch wenn die keine Brüste haben und ihre Sekundenverzweiflung mit Genie, Wahnsinn, Gitarre und Bauchhaaren kompensieren.

Single in Berlin.
Toll.

Kumpelhuren auf MDMA, Selbstfindungstrip, Pfeffi und dem wilden Stier.
Irgendwas von Sartre, Bukowski oder Taktloss in der Hosentasche und Bock auf Sex an der Spree und ein bisschen Saisonliebe.
Nackte Mädchen auf unseren Knien, vor der Kamera und dem nächsten Spiegel.
Drahtige, tätowierte und halbwegs intellektuelle Jungs auf der Beschlafungsbesetzungscouch und keine gottverdammte Brause im WG-Kühlschrank.

Single in Berlin.
Voll.

Alle Rausch.
Alle Kater.
Alle blau und Morgens grau.

Die machen übrigens wirklich irgendwas mit Medien und
Kunst und die sind übrigens wirklich dauerhaft sediert und
arm, aber ein bisschen sexy.
Die sind auch wirklich kurz in dich verknallt und berauschen
sich an dir.
Und die haben dich am nächsten Tag wirklich schon wieder
vergessen, aber dein Gesicht auf Fotoautomatenstreifen an der
unverputzten Wand.

Liebe gibt es übrigens trotzdem.
Die großen und kleinen Künstler schrieben und sangen davon, weil sie sie kannten.

Blöd nur, dass Struktur, Geruch, Kitzel, Maße und Menge von
jedem Menschen anders gewünscht wird.
Blöd auch, dass man von all dem weiß, die Wege, Möglichkeiten und Aufgabenstellungen versteht und kennt, aber nicht
anzuwenden weiß.

Kettensäge oder Kamera?

Ich liebe übrigens dich, mich, Käsekuchen und die Liebe in all ihren Facetten.
Und du so?

Single in Berlin?
Toll.

Blau

Die Dame trägt ein blaues Kleid, tänzelt auf hohen Schuhen über das Kopfsteinpflaster und inhaliert gierig den Duft des blauäugigen Mannes, den stechenden Qualm der Zigarette und das monotone Menschengewirr.

In der Ecke des Sofas sitzen die Fremden beieinander, beäugen sich, die in Dunst getauchte Unter- und Umwelt und gratulieren einander.
Kein Geburtstag, aber durchaus eine Ehre in dieser vertrauten Fremde.

Brille schief, Kleid verrutscht, Asche im Glas und kribbelnde Fingerspitzen.
Er würde ihr irgendwann Lieder, Farbe und Wut widmen, einfach so.
Vorankündigungen der sichersten Form.

Es wird genickt, zaghaft befühlt und neben der Musik schwillt ein Herz an, drückt sich durch das Textil und hüpft freudig auf und ab.

Husch sagt er, nimmt das blassblaue Herzensweib an die Hand und streut klitzekleine Küsse auf raue Haut.

Das macht man heute so, heißt es.

„Gewöhn dich dran!" hallt es durch den hübschen Raum.
Irritierte Gesichter schauen auf, heften sich an die Sofamen-
schen und verweilen dort.

Sieht spannend aus, wie die da sitzen und sich gegenseitig satt
und leer machen.
Die kennen sich ganz bestimmt schon 10 Jahre oder erst seit
30 Minuten.
Als würde es einen Unterschied machen.
Morgen wachen die bestimmt nebeneinander auf und wollen
nicht flüchten.
Vielleicht würde sie ihm Kaffee kochen, er würde ihr blaues
Kleid tragen und ihre Haare flechten.
Arschloch würde sie ihn nennen, sein Gesicht liebkosen und
sich in Träumchen verstricken.
Als Miststück würde er sie bezeichnen, in ihrem Schoß würde
er dösen und hoffen, sich auf ewig in der Würze der Frau zu
verlieren.
Sie kennen sich seit 14 Stunden und ewig.

Oben, mittig, untenrum.

Ring und Schlagabtausch.

Gestern, heute, morgen.
Blaue Augen.
Seine.

Blitzen, fragen, tränen, lachen, suchen.

Gestern, heute, morgen.

Und auf einmal nicht mehr.

Sie sitzt in der Ecke des Sofas, betrachtet ihre tauben Fingerspitzen, verliert Asche und ein Stück von sich.
Das fadenscheinige Polster wird befühlt, der Raum abgesucht und alte Gesichter suchen nach dem, an den man sich doch gewöhnen sollte.

Verschwunden.
Vielleicht niemals dagewesen.

Ein schwarzer Ring schmückt die Finger der blauen Frau, brennt ein wenig und bleibt.
Ewig.

Ja wurde gesagt, Jahre wurden geschenkt und irgendwo zwischen Montag und Sonntag, Schlafzimmer und Meer, Glück und Angst hatte er sich aufgelöst.
Vielleicht war er krank gewesen.
Vielleicht waren das angeschwollene Herz, das Leben oder unglückliche Zufälle schuld gewesen.

Das Sofa und die Frau waren leer.

Blass, blau und liebend.

Liebe, Norm und Angst

ie Mädchen wären hübscher, würden sie ihre Gesichter und Körper nicht mit Metall und Tätowierungen verschandeln.

Sie wären schöner und begehrenswerter, würden sie Kleidchen tragen, sich mehr oder eben weniger schminken.

Es wäre schöner, hätten sie mehr Kurven oder eben weniger.

Mittelmaß mit rundem Arsch und einem Sternchen.

Ausschnitt, aber angemessen.

Schlank, aber nicht zu sehr, weil nur Hunde mit Knochen spielen, das weiß man ja und nur „echte Frauen" Kurven haben.

Stolz möchte man auf die Mädchen sein aber nicht zu sehr, es wäre fatal, wäre sie zu schön oder schlimmer noch, zu klug.

Sie könnte überfordern, die besten Freunde könnten sie begehren, sie könnte belesen sein und Dinge wissen.

Das weiß zu beängstigen und gehört sich nicht.

„Sei individuell, erfinde dich neu, sei kreativ und echt".

Sei nicht langweilig, uniform und zu menschlich!

Der Mann?

Der muss charmant sein und klug.

Natürlich sportlich, großzügig, überpotent und irgendwas mit Gesichtsbehaarung aber bitte nicht zu viel oder zu wenig.

Erfolgreich ist wichtig!

Selbstzweifel sind unmännlich und Sex muss er immer wollen und liefern, das gehört sich so.

Nicht zu dick, keinesfalls zu dünn.

Nur nicht zu weibisch, das ist schwul und sehr unattraktiv.

„Männer, die weinen sind so unattraktiv, da kann ich ja gleich meine beste Freundin bumsen!"

Funktionieren muss der Mensch.

Fickbar muss er sein.

Genau richtig eben.

So eine Mischung aus Unterwäschemodel, Pornostar, Sterneköchin und Kumpeltyp.

Zockt gern, bläst gern, macht Mittag und stellt keine Fragen.

So eine Mischung aus Reife, Davidoff-Werbemännchen, bestem Freund und Riesenpenis.

Romantiker mit Schuss und wenn nicht, dann Schluss.

Individuell und Diversität.

Wird gewollt und eben nicht.

Und dann sitzt da ein Mensch vor dir, der diesem Ideal so gar nicht entspricht oder nur im Kleinsten und auf einmal verliebst du dich unsterblich in einen delligen Po, einen zweifelnden Künstler, einen glücklichen Müllmann, eine rundliche Dame, die Videospiele doof findet und in einen Mann mit Halbglatze.

Und du stellst fest, dass Werbeideale, Laufstegideen und Pornoträumchen geschwindelt haben.

Irgendwie ist das dann fetzig und richtig und muss so sein.

Und auf einmal sind diese einheitlichen Filterfrauen ein bisschen leerer und farbloser und auf einmal sind George Clooney, der eine Typ aus diesem einen Film und die Waschbrettleerlinge gar nicht mehr so sexy, wie der Mann, der neben einem im Bett aufwacht.

Liebe und Ideale.

Sehr divers.

Komplexvergleiche

Oh mein Gott, wie schaffen sie es nur, dass sie keine Falten haben und ihre Brüste immer noch nach frischen Honigmelonen aussehen und duften?"

„Unfassbar, wie schnell sie, nachdem sie geworfen hat, wieder abgenommen hat und so perfekt aussieht!"

„Guck dir mal diesen Arsch an! Voll die geile MILF, ja!"

„Sie ist 50 und hat kein Fältchen, kein einziges graues Haar und Beine bis zum Boden, da sollten sich andere Muttis mal eine Scheibe von abschneiden!"

„Also ich trinke total viel Wasser, schmiere mich jeden Tag mit Hühnerkot, der Plazenta meiner Nachbarin und Eigenurin ein.

Außerdem bin ich sehr glücklich und schlafe auch total viel.

DAS ist mein Schönheitsgeheimnis."

Ich übersetze das mal: Ich habe Stylisten, hauseigene Schönheitschirurgen, ein Dutzend Kindermädchen und soviel Geld, dass man sich davon täglich ein Paar neue Titten machen lassen könnte.

Ebenfalls arbeite ich mit erstklassigen Retuscheuren und dankbaren Konsumenten zusammen, die der ganzen Augenwischerei Auftrieb geben und Glauben schenken.

Ich bin geiler als die doofen Käufer und Geilheitsschwindler und bumsbarer sowieso.
Und glücklich bin ich, weil ich schön bin oder wenigstens so aussehe.

Das sieht dann nach „echtem Leben" und nach unerschütterlichem Glück aus.
Die Schönen, Fickbareren und Reichen sterben sicherlich auch nie.

Und während ich, die Frau von nebenan, in meinen fleischigen Bauch greife, meine Fältchen und das Kleingeld zähle, frage ich mich, ob die Menschen eigentlich auch Filter für ihre Vergleiche haben und ob man Komplexe eigentlich auch auf oder wegspritzen kann.
Und dann will ich den Menschen, die dieses Ungetüm füttern, eine knallen und Sharon Stone, Iris Berben und den Kardashian-Klöten eine verpassen, weil sie sich artig selbst zum Fraß vorwerfen und Glauben machen wollen, es wäre so einfach und normal und es wäre der graue 08/15-Mensch nicht fähig genug.
Ich will ihnen mitteilen, dass sie die Hölle generieren und schuldig sind.
Ich will ihnen aus ihren gepuderten, nach Unmenschlichkeit aussehenden Körpern, ein Stück rausschneiden und sie überfüttern.

„Hallo Herr Konsument, guck dich mal geil, leer und unglücklich!" prangt es in fetten Lettern von einem dieser vielen Zei-

tungscover und eine Zementfresse grinst fröhlich, während es sich kleine Scheine zwischen Brüste und Zähne klemmt.
Gut gemacht!

Vaginas sind übrigens stets zartrosa und glatt.
Penisse sind IMMER knallhart und 25cm lang.
Körper sind stets durchtrainiert, gut gebräunt, schlank oder wenigstens geilkurvig.
Alle und immer! Und wenn nicht, dann stimmt was nicht.
Geld macht geil.
Jung ist schön und Lügen sind erwünscht.
Altern ist hässlich und was für arme Menschen.
Vergleiche sind der Tod und Schönheit ist dehnbar.
Ideale sind retuschiert, ich bin dem überdrüssig und du, der du Makel bist, du bist verdammt schön.

Kein Seelenabverkauf!

Menschen sind komisch.

Virtuelle Menschen sind komisch.

Also im Sinne von seltsam und gar nicht so witzig.

Alle sind sie irgendwie busy und sexy und glücklich und unterwegs.

Gläser klirren, Welten bereisen, pralle Titten, schöne Beine, dicke Karren, irgendwas mit besser als du und du und du.

Irgendwie seltsam.

Die trainieren alle, trinken grüne Mixgetränke, rubbeln ihre Lingerie auf den körpereigenen Waschbrettern sauber, sagen gescheite Dinge, haben keine Falten und noch weniger Zweifel.

Irgendwie seltsam, dass man versucht ist, diese Scheiße zu glauben.

Ich sitze gerne auf dem Sofa, verschlinge wirklich gefährlich viele Käsenudeln, inspiziere meine Stirnpickel, verstecke für harte Stunden Gummibärchen in meinen Bauchfalten, versuche nebenbei intelligenten, poetischen oder wenigstens halbwegs annehmbaren Zeitgeist-Textscheiß zu fabrizieren und gehe den ganzen Onlinekumpels voll auf den Leim.
Das stört mich.
Ich will die anfassen, küssen und ficken.
Ja, das will ich.

Die haben alle so adrette Leben, schnieke Körper und wenn nicht Kohle dann wenigstens irrsinnig viel Sex.
Und wenn sie das nicht haben, dann sind sie wenigstens voll hip, groovy, square oder echt glücklich oder eben desinteressiert oder besser, weil sie sich einen Scheiß scheren, immer stoned sind, keinen Fernseher haben, nicht müde werden, das mitzuteilen und die „Unterschichtenprimadonnen" sowieso nur als Masturbationsvorlage nutzen und die anderen virtuellen Lügenbolde eh zu nix taugen.
Weinen die auch mal?
Zweifeln die auch mal?
Klebt denen auch mal ein Gummibärchen in der Bauchfalte?
Filtern die eigentlich auch ihre Genitalien?
Gucken die wirklich kein Dschungelcamp?
Lügen die eigentlich nur mich oder auch sich selbst an?
Wollen die mich eigentlich auch ficken?

Wirklich seltsam.

Und während ich diese befremdlichen Gedankengänge nie-
derschreibe, sitze ich hier in einem ausgewaschenen Nacht-
hemd, habe eine Pudelmütze auf, stinke ein bisschen und frage mich, ob das nicht eigentlich auch ideal, begehrens- oder
wenigstens beneidenswert sein sollte, müsste oder wenigstens
könnte.

Manch einer würde das wohl seltsam finden.

Menschen mögen

Ich will die Menschen ja mögen, das funktioniert nur leider so schlecht.

Da sitze ich hier, esse mein beschissenes Croissant, überlege, was ich zum Mittag koche und ärgere mich über meine läppischen Kopfschmerzen, während da draußen die verdammte Welt untergeht.

Dann kloppe ich diese egalen Gedanken in einen Laptop, der nach Luxus riecht, geh irgendwann warm duschen und mich schlussendlich satt fressen, während ich in eine Konsolenwelt abtauche, die so gar nix mit diesem Leben zu tun hat.

Ich habe es so beschissen gut, dass es mich ankotzt.

Gestern habe ich das erste Mal bewusst den medialen Input ausgelassen, weil ich die Scheiße und Schande nicht mehr ertrage.

Alle machen sich alle.

Planet Erde wird ausgesaugt, mit allen Konsequenzen und dem Bewusstsein dafür, dass das gute Stück bald leer ist und ich?

Ich mache fröhlich mit.

Und warum?

Weil ich eine ebenso bequeme Person bin, wie jedes andere Gesicht, das es nicht anders gelernt hat.

Mensch saugt.
Mensch verlebt.
Mensch schimpft.
Mensch fürchtet.

Von allem zuviel und vom Wichtigen zu wenig.
Meere, Mitmenschen und Wälder leer machen, Tiere konsumieren, als hätten sie kein Herz.
Beleidigen, Sedieren, Beäugen, Schimpfen, Ab- und Lenken.

Und ich?
Ich mache mit und schäme mich, weil ich nicht anders kann.
Gebe dem Obdachlosen 2 Euro, belese mich, wo ich mehr tun kann, als nur Nickies spenden, um Geflüchteten zu helfen.
Kann man überhaupt helfen?
Kann man diese beschissene Welt bewegen?
Ist das womöglich nur irgendein beschissenes „Sommerloch"?
Irgendein Weg, um den Menschen vom noch Schlimmeren, das da auf ihn zukommt, abzulenken?
Gehts überhaupt noch schlimmer?
Kann man eigentlich an seiner Skepsis, seinem Zynismus und seiner Scham für solche Gedanken ersticken?

Ich verkneife mir übermäßigen Konsum und schäme mich dennoch.
Fühlt sich an, als würde alles verpuffen.

Fühlt sich an, als würden Desinteresse, Bequemlichkeit, Hass und schlussendlich der Tod sowieso gewinnen.

Für jeden nochmaligen Bericht, der von Übergriffen, Gedrehe, Gewalt und Unvermögen handelt, ein Lebensjahr.
Und dann frage ich mich, wie man eigentlich diese Welt halbwegs stabil halten will, wenn man es nicht einmal schafft, selbst stabil zu sein.

Wenn man es nicht einmal schafft, den Nachbarn, den Mitarbeiter oder die Fremdbegegnung zu respektieren, wie soll das denn dann im Großen funktionieren?
Und dann wünsche ich mich weg, auf eine einsame Insel, vielleicht sogar in die Wüste.
Für überlebenswichtiges Wasser etliche Kilometer laufen müssen, auf dem Boden schlafen und Wahres atmen.
Glitzer, Tand, neue Spiele, Smartphones, Kleidchen und Schlagzeilen wären dann genau das, was sie eben sind.
Unwichtig!

Stattdessen sitze ich hier, habe Angst vor der Zukunft, Angst vor den Menschen, Angst vor mir und meiner Angst.
Absichern.
Arbeiten.
Haus bauen.
Kinder machen.
Aufpassen.

Betonklötze in Köpfen stapeln und fleißig weiter an Städten und dem Überfluss basteln, während andere im Elend verrecken.

Was tun, wenn nicht sterben?

Vielleicht leere Worte in einen leeren Raum tippen.

Mir vielleicht sagen lassen, dass man doch einfach abhauen solle.

Sich vielleicht noch mehr für die eigene Unfähigkeit schämen.

Vielleicht am Croissant ersticken.

Vielleicht die schlafende Katze neben mir beobachten.

Vielleicht morgen fähig sein, mehr zu schaffen.

Vielleicht die Hoffnung nicht verlieren.

Vielleicht dankbar dafür sein, zu sehen, dass diese virtuelle Welt eben doch eines kann.

Vielleicht anerkennen, dass auch Worte und Gedanken eine Bewegung darstellen können.

Vielleicht wenigstens die eigene Welt retten.

Schmackhaft

*P*izza, Möpse, Jobs, Lebensläufe, Ich, Beziehungen und die Anderen.

Ist doch klar, dass die kleinen Menschen nur umso verwirrter sind, wenn sie mal ein echtes Leben, einen echten Menschen, eine echte Beziehung und sich selbst sehen."

Da finden sich die virtuellen Virtuosen und irritieren einander gegenseitig.

„Die hat ja Augenringe und eine gar nicht so schmale Taille."

„Der hat ja Aknenarben und Geheimratsecken."

Die Pizza sah jetzt gar nicht so gut aus und schmeckte auch nur so mittel aber wenigstens war der Wein gut und so konnten sich die kleinen Makel dann doch noch erfolgreich ausblenden lassen.
Glück gehabt.

Die Vita ist eigentlich relativ egal und das Gesicht irgendwie auch.
Die Hauptsache ist, dass da jemand ist, der einen ansieht oder wenigstens so tut.

Kinder? Nee.

Job? Ja, oder wenigstens manchmal.

Magst du, was du machst?

Nein, du etwa?

Suchst du auch die Erfüllung oder wenigstens Mittelmaßsex nach Feierabend?

Ja, eigentlich schon, aber verrate es bitte niemandem.

Und da sitzen die Fremdmenschen, rühren sich auf und in ihren Gläsern, 08/15-Wünschen und Lügen.

Virtuell sah das irgendwie schmackhafter aus, irgendwie gefilterter und geiler.

Er überlegt, wie es wäre, könnte er die Filterfrau beschlafen oder wenigstens das Licht richtig einstellen.

Sie fühlt sich, als wäre sie eine Lügnerin und schämt sich.

Er muss gar nichts sagen, sie weiß bereits, dass er enttäuscht vom fehlenden Kontrast und Weichzeichner ist.

Sie lässt ihre Enttäuschung in das Weinglas fallen, lächelt und spitzt die Lippen.

Eigentlich ist es egal, wer da sitzt und wie er aussieht, die Hauptsache ist doch, dass er sie ansieht und vielleicht sogar erkennt, also so in Echt oder Real Life, wie die Leute es heute nennen.

Virtuell sieht alles irgendwie schmackhafter aus.

„Aber wir sind doch echt und unfassbar!" spuckt sie aus.

Erschrocken verschluckt er sich am Wein, hustet laut und starrt der Fremden mit den beringten Augen ins blasse Gesicht.

Ihre Stimme ist wirklich bemerkenswert schön, denkt er so bei sich, während er nach ihren zarten Händen greift, nickt, ihr Gesicht studiert, ihr hektisches Atmen wahrnimmt und etwas näher rückt.
Real Life, man! Man könnte auf den Geschmack kommen.

Liebesverlust und Tinder

"Seitdem es Tinder gibt, geben sich die Menschen keine
Mühe mehr!"

Alle sind sie unfähig und wollen nur Bumsi, Aus- und Ver-
tausch.

Alle sind sie total abgestumpft, Porno und irgendwas mit Bes-
serbusenbefummler.

Keiner kann mehr Liebe!

Heutzutage, weißte und damals, da war ja alles besser.

Da sitzen dann Menschen und schimpfen über die Unfähigkeit der Anderen und darüber, dass die ja keine Liebe könnten.

Liebe, ey! Diese Ding, das in den Filmen immer so gut und
glücklich endet.

Und dann taucht ein Irgendjemand auf, der sieht dann ganz

nett aus, wird nur ein bisschen doof gefunden, stinkt nicht beim Sex und passt gerade ins Konzept, weil naja, gerade kein Anderer da ist.

Das ist dann Liebe.

Man hätte ja danach gesucht und endlich gefunden.

Dann wird sich brav eingeredet, dass man endlich angekommen und die Welt rosa wäre.

Dumm nur, dass dieser Irgendjemand eben wirklich nur ein Irgendjemand ist und man nicht so recht miteinander leben, lieben, reden und wachsen kann.

Das ignoriert man dann zu Tode, weil man eben Liebe, Sex oder wenigstens ein Paar sein will.

Bis einer ausschert, weil er diese laue, fade Herzchensuppe nicht erträgt.

„Der hat sich nicht genug Mühe gegeben! Ich such mir jemand Neuen!"

„Heutzutage sind alle so stumpf, grau, unfähig und Tinderkinder, weißte!"

Selbstbetrug ist fetzig und unfähig sind nur die Anderen.

Die Chance, der Liebe zu begegnen ist verdammt gering.

Da kannst du auch gleich Lotto spielen.

Liebeslotterie und ab und an ein Dreier.

Jemandem zu begegnen, dem man vertraut, der morgens nach Hach aussieht, den man er- und verträgt, mit dem man aufrichtig lacht, der mit einem stolpert und das okay findet, den man so respektiert und lieb hat, wie er ist.

Und der erwidert das bestenfalls sogar noch!

Jemand, der auch mal Mühe und Dämon, Abrieb und Antrieb ist.

Jemand, der sich vor dir traut, er selbst zu sein.

Stell dir das mal vor.

Es geht auch voll und ganz und nicht nur halbgar, weil eben da.

Das ist dann echt und Herz und ja, manchmal Schmerz.

Die Möglichkeit hingegen, irgendeinem Menschen einen „Ich will aber auch und unbedingt"-Stempel aufzudrücken, ergibt sich recht häufig.

Mühelos ist das dann und abgestumpft und austauschbar.

Aber hey, so lieblieben ja nur die Anderen, also eben jene, die sich keine Mühe mehr geben.

Diese abgestumpften Lottospieler und sich Verirrenden!

Diese Tinderkinder, Fertigficker und armen Seelen!

Und während die Schimpfsuppe fleißig in der heimischen Küche an- und umgerührt wird, sitzt ein Irgendjemand am Küchentisch, ignoriert die Tiraden geflissentlich und kann sich nicht erinnern, wann er das letzte oder gar das erste Mal liebte.

Er betrachtet den, der sich als Liebe bezeichnet und schüttelt kaum merklich den Kopf.

Scheiße.

Der Lottoladen hat gerade geschlossen.

Sybille

Ich bin ein Typ.
Also so ein richtiger Typ.
Bärtchen, Herzchen, ein bisschen Zeit und noch weniger Geld.
Zum Ende der Woche investiere ich die kleinen Spielgeld-Lebensscheine gern in Prozente, Fett und Sekundenablenkungen.

Kasse 3 sieht gut aus.
Da sitzt eine Torte.
Blond, ein bisschen Sahne an den richtigen Stellen und verblüffend blasse Haut.

Eine Elfe in Kittelschürze.
Eine Erscheinung.
Meine kleine Wochenendhoffnung.

Ich stelle mich artig an, warte bis ich mein kleines Leben auf das Band legen darf, streiche mir durch meine ungewaschenen Haare, verstecke mein Gesicht und nenne die gelangweilte Kassiererin Sybille.
Sie sieht wie eine Sybille aus.

Sybille ist fleißig und flugs wandern ihr meine Waren entgegen.
Bier, trockener Wein, Kaffee, Club Mate, eine Cola und Tomatensuppe aus der Dose, um mein schlechtes und gehetztes
Gewissen zu beruhigen.
Keine Windeln, keine Karotten, kein Vollwaschmittel und
klebrig-süßen Gaumenkitzler für die eingebildete Liebste, die
zuhause im Bett auf mich wartet.

Sybilles schöne, weiche Hände greifen nach den harten Fla-
schen und ich schäme mich.
Sie durchschaut mich, registriert das einsame und viel zu
schnelle Leben.
Ich bin eine arme Wurst und hänge am Tropf.
Ganz toll.

Wie Saugnäpfe hängen meine Augen an den fremden Frauen-
händen.
Ich wünsche mir, sie einmal berühren zu dürfen.
Vielleicht würde mein großer Schmerz dann kleiner.
Ganz bestimmt wäre das so.

„Willste Liebe dazu!" bellt die Schönste mir entgegen.

Bitte was?
Hier?
Jetzt?
Ich überlege kurz.
Klar, Liebe!
Voll gut!

Dass man die Liebe neuerdings in seinen Wochenendeinkauf einschließen kann, war mir allerdings neu.

Was es in den heutigen und verrückten Zeiten aber auch alles gibt.

Wie viel kostet die denn, Frau Sybille von Schönhand?

„Hä?"

„Watt?"

„Wollen sie die Herzchensammelbildchen nun haben oder nich!?"

Ich bin irritiert.

Sybille klingt gar nicht so zart, wie es Hände und Name versprachen und jetzt will sie mir auch noch weismachen, Liebe gäbe es gratis und sie wäre klebbar.

Na das wüsste ich aber, freches Frollein!

Ich nicke heftig.

Die kleine, graue Dame hinter mir wird langsam ungeduldig.

Der Chantré und die Kirsch-Schnaps-Pralinen wollen unverzüglich genossen werden.

Der kleine Sofarausch der alten Dame wird von mir, dem Mann mit fusseligem Bart in noch fusseligerem Mantel, aufgehalten.

Sybille zögert nicht, schaut mir jetzt zum ersten Mal in mein verhangenes Gesicht, greift in die kleine Tasche über ihrer rechten Brust und zupft drei grellrote Klebeherzchen hervor.

Kraftvoll drückt sie mir die drei Lieben in die Hand.
Meine trocken und ihre erstaunlich feucht.

Sybille schenkt mir trotzig die Liebe.
Einfach so.

Morgen werde ich meinen schönsten Mantel anziehen, mir die Haare waschen, mich rasieren und meine größte Altherrentasche auf ihr Band stellen, auf dass sie das gute Stück und mich mit klebriger Liebe füllt.

Ich bin ihr verfallen und der Verfall beginnt.

Thorben hasst...

Thorben hasst Nutten, Brokkoli, virtuelle Diskussionen und Schwangere.

Menschen.
Alle in bunt, schön und erträglich betäubt.

Die Erzählerin hockt irgendwo dazwischen, säuft pisswarmen Gin und versucht das grummelnde Bauchgenöle auszublenden.

Es ist schwülhitzig und allerorts etwas zu feucht und geruchsintensiv.

Kollege Thorben erhebt sich, kratzt sich zwischen den Beinen und spricht in die leeren, geröteten Gesichter.

Auf uns sollten wir anstoßen und auf die ganzen noch fickbaren Weiber.

Darauf, dass wir uns hier, in diesem Jetzt verleben dürfen und darauf, dass wir wohl ewig bunt und jung bleiben würden.

Meine Gedärme nörgeln laut und ungeduldig, ich nicke, lächle breit und schütte mich zu.

Ich bin ein fickbares Weib, noch.

Thorben weiß das oder vielleicht nicht mehr.

Vielleicht hatte ich den mal, ich kann mich nicht erinnern.

Er sieht aus wie all die anderen Menschen in diesem Dunstkreis der Rauschmomente.

Keine Ahnung, es könnte jeder gewesen sein und vielleicht war es sogar so.

Thorben hasst Nutten, Brokkoli, virtuelle Diskussionen und Schwangere.

Er legt den Menschen, die nicht so sind, wie sie sein sollen, gern nah, dass sie sich erhängen sollten.

Er ist ein dummes, halbgutaussehendes Arschloch, liest Vice, versuchte sich an Hesse und Nietzsche, scheiterte kläglich, bumst sich durch die Clubs, steht auf allen Listen, fickt mit tätowierenden Mädchen und hat dementsprechend zu jedem Wichsbildchen auf seiner Haut eine Muschigeschichte zu erzählen, die kein Schwanz mehr hören will.

Thorben ist reichlich, echt und wahr.

Eigentlich hat er sowas wie eine Lebensgefährtin, Freundin, Abwaschmacherin und Träumerin, aber eigentlich auch nicht.

Manchmal vergisst er ihren Namen und dass sie neben ihm lebt.

Wir wissen nur, dass sie unbemalt, blass und rothaarig ist, was mit Medien macht, eigentlich Hochzeit, Haus und Kind anstrebt und darauf hofft, dass ihr Lieblingsbettmensch irgendwann an den anderen Frauen so satt sein wird, dass er nur noch von ihr kostet.

Ich habe keinen Thorben, kein rotes Haar und bis auf mich niemanden, der mich beliebt und belügt.
Ich habe Bauchschmerzen und Augen, die drohen aus meinem Gesicht zu ploppen.
Stechender Druck im Schädel und um mich herum nur lachende Fratzen diverser Fremdfreunde.
Die kichern, bestätigen und befingern sich bis aufs rohe Fleisch und öffnen in einem Fort pulverbefüllte Plastiktütchen, Beine und Flaschen.

Keine Liebe zum Frühstück.

Ist viel zuviel Aufwand und kostet nur.
Aber wir haben ja uns und Gästelistenplätze.

Die Stadt ist angefüllt mit schönen, kreativen, suchenden, dauersedierten und geilen Menschen, die nicht in der Lage sind, eine emotionale Erektion zu bekommen.
Und wenn sie dann doch mal eine erleben, ist das in etwa so erschreckend wie blutiger Durchfall, gratis MDMA und 70% auf Alles.

Alles wie immer und als ich bemerke, dass mir die Gedanken wie rosa Speichel aus dem Mund fließen und mir niemand zuhört, greife ich nach der Ginflasche, umklammere sie fest, flöße mir flüssiges Desinteresse ein und beende diese Beziehung.

Morgen werde ich auf meiner Kloschüssel hocken, mir die Seele aus dem Leib heulen, kotzen, scheißen und sterben und niemand wird sich erinnern, wie eigentlich mein Name war.

Lediglich Thorbens blasse Freundin wird heimliche Tränen vergießen.

Egoschwanz

*E*igentlich bin ich ja ein großschwänziger, suchender und süchtiger Mann.

Wenn ich nicht gerade meine Brüste tape, im Schoß meines Angebeteten wohne und gelegentlich menstruiere bin ich ein verdammt scharfer Typ, der gute Musik hört, von Liebe nichts versteht und sich seinen Fantasien insofern hingibt, dass er versucht ihnen ein Gesicht zu geben.

Meinem inneren Mann gebe ich manchmal eine Stimme, die aufs Papier wandert.

Er befand sich auf der Suche.

Abermals.

Zerschlissene Jeans, weil er eben nicht dem Trend der Enghosen entsprechen will.

Eine alte Trainingsjacke tragend, die nach kaltem Rauch stank und wildes, hellbraunes Haar.
Dort an der Haltestelle zur M13 sitzt die Gesuchte.
Vielleicht 18, 19 oder 20 Jahre alt.
Hellblondes Haar zu hübschen Zöpfen geflochten.
Sie raucht und wippt mit ihren bestrumpften Beinen.
Woher sie kommt, wohin sie will und wer sie eigentlich ist, ist unwichtig.
Dass sie flieht, nicht weiß, wohin sie will oder jemals gehört hat, ist ebenfalls irrelevant.
Sie ist ein hübsches, fremdes Mädchen, das genügt.
Es ist eine dankbare Genügsamkeit.
Sie trägt wenig Textil am zarten Leib.
Er mag das.

Neben ihr ist ein Platz frei.
Er setzt sich, steckt sich eine Zigarette in den Mund und bietet ihr eine an.
Sie nimmt sie, und zündet sie mit der alten an.
Beide lächeln und schweigen.
Er legt den Arm um sie.
Sie zögert nicht und schmiegt sich in die vertraute, nach Qualm und Desinteresse duftende, Männerkuhle. Hand in Hand wandert man kurz darauf durch die Stadt und findet sich in seinem Reich wieder.

Dunkle Fenster, ein schwarzes Sofa, Fotografien diverser Mädchengesichter an den Wänden.
Die zahlreichen, fremden Münder lächeln.

Sie lächelt.

Er fotografiert sie, während sie verloren im Raum steht und ihre Hände sich um ihre Taille legen.

Sie umarmt sich selbst, wiegt sich in den Hüften und schaut ihm das erste Mal ganz unumwunden ins Gesicht.

Ein braunes und ein grünes Auge.

Er ist schön.

Sie weiß das.

Er möchte spielen.

Das fremde, bezopfte Mädchen entkleiden, ihr Geräusche entlocken, sie beschmutzen, benutzen und jeden ihrer Ausdrücke an seine Wände pinnen.

Er geht vor ihr in die Hocke, zerrt ihren Rock in die Kniekehlen, presst sein raues Gesicht an ihren Schoß, saugt ihren Mädchengeruch tief ein und beisst erst sanft und dann immer fester in ihr zartes, wenig bedecktes Fleisch.

Das Höschen, von Speichel durchnässt, wird flugs in kleine Fetzen gerissen und die blonde Fremde sinkt nieder.

Er steigt über sie, öffnet ihre Eingänge, vergisst das Gesicht und nimmt nur noch Mund, Muschi und Arsch wahr.

Er tobt, sie hält still, beobachtet den Fremden und fällt.

Tief und dunkel.

Sie liebt inbrünstig, bewegt sich selten, schweigt und kommt lautlos.

Sie hält sich fest, hofft auf ein unerwartetes Herzzuhause und bezeichnet sich selbst als Liebeshure.

Er schreit und verachtet.

Die Wände werden mit ihrem Körper tapeziert.

Nacken, Stirn, Armbeuge, der kleine Zeh, Bauchnabel, Poba-
cken, zerstochene Brustwarzen.
Sie bleibt und nennt niemals ihren Namen.
Er fragt nie danach.
Sie wartet, hofft, giert und weint lautlos.
Stunden, Tage, Wochen.

Ein Abend.
Er liegt in der Badewanne, raucht eine Zigarette und balan-
ciert seinen harten Schwanz zwischen seinen Fingern.
Die Fremde steigt in das heiße Wasser, schmiegt ihr Gesicht
an seine Brust und braucht keine Luft.
Luft ist etwas für Lieblose.
Sie saugt und beißt sich an dem Suchenden fest, versucht ihm
Liebe zu entziehen und schlägt Wellen.
Er liegt da und betrachtet den kleinen Mädchenkopf, an dem
hässliche, nasse Zöpfe kleben, wie er auf und nieder wippt.
Er spürt ihre Zähne und ihre Wut.
Er will sie nicht, ist satt an ihr und verachtet.
Sie kämpft zu sehr, bemüht sich zu stark und eigentlich waren
nur die Zöpfe begehrenswert.
Er erkennt, ekelt sich, greift nach dem Köpfchen und presst
sie tiefer.
Geliebt will sie werden. Gewollt. Gebraucht.
Er hat sie verbraucht und will sie nicht.
Sie strampelt, will sich befreien und es blubbert hysterisches
Wasser um die beiden Ungeliebten.
Sie kämpft.
Nicht lange.

Das Saugen, Wehren und Wollen findet ein Ende.

Ein letztes Glucksen.

Ein Seufzer und sie gibt auf.

Er liegt da, zündet sich eine weitere Zigarette an, betrachtet das blonde Ding, streichelt ihren Nacken, ergießt sich, greift nach der Kamera und schießt ein letztes Foto.

Er wird es rahmen und über die Wanne hängen.

Intensitätensammlungen

*D*er Mann schien immer zu lächeln.

Seine Augen, ein verwaschenes Gold und an manchen Tagen gelbgrün, schienen stets zu forschen, zu suchen und zu bewerten.

Eine große Brille rahmte diese Charakterfenster ein und verliehen dem Lebemenschen eine Aura, die von Fremden als recht intelligent empfunden wurde.

Hut auf dem Kopf, sorgfältig gestutzter Bart, Krawatte und gestärkte Hemdsärmel.

Manchmal, wenn es ihn, den selbsternannten Klassiker, überkam, stahl er den Gehstock seines Großvaters.

Ein Erbstück aus Mahagoni und Silberbeschlag.

Hübsch, blendend und überflüssig, ganz dem Charakter des Mannes entsprechend.

Dann flanierte der stilvolle Herr durch die Straßen der Großstadt, trank einen Espresso, aß Törtchen, rauchte Zigarre, rückte seinen Hut zurecht und war von den Mädchen und Frauen in ihren zarten Kleidchen entzückt.

Er liebte die Frauen.

Jung und alt.

Gerade erblühend oder kurz vor dem Verwelken.
Fragil, geradezu mager, rund, fett und bestückt mit Brüsten und Schoßdreiecken aller Formen und Aromen.

Alle rochen sie nach Hingabe, wildem Wollen und Liebe.

Da saß, stand und lag er dann zwischen all den Weibern und ihren Ausdünstungen und machte sich satt an ihnen und ihren Bewegungen.
Den rollenden Hüften und wogenden Hintern, den zarten und harten Schritten, Brüsten, die alle so divers und wunderschön waren, den wehenden oder gebändigten Haaren und der Vielfältigkeit der Weiberleiber.

Erektion über Erektion.
Gehstockgedanken.
Eine erdachte und dauerhafte Penetration der Damenwelt.
In einer Reihe sollten sie sich aufstellen, er, der werte Herr, würde mit dem Schmuckstock auf die Damen zeigen und Befehle erteilen.

Wie sie sich zu positionieren hätten.
Welche Kleidchen sie, natürlich nur für ihn, zu tragen oder auszuziehen hätten.
Bück dich! Reck dich! Streck dich!

Brüste würde er befühlen, Körpertemperaturen mittels Finger überprüfen, Augen ergründen und die Damen studieren.
Alle würden sie anders duften und schmecken.

100

Ein Buffet würde er sich schaffen.

Lieben würde er sie.

Alle und uneingeschränkt.

Jene, die viele Jahre nicht mehr ge- und beliebt wurden, jene, die niemals in den Genuss kamen, jene, die sich verschenkten und verlebten und jene, die sich davor fürchteten.

Allen wäre er ein guter Mann.

Beschlafen würde er nur diese, die darum baten, das gehört sich so, davon ist der Klassiker überzeugt.

Vielleicht würde er eines Tages in einem Café sitzen und es würde eine Kindfrau, eine verlebte Großstadtdame, ein Drama auf hohen Absätzen oder ein Ebenbild mit Brille und Liebeslust neben ihm Platz nehmen und er würde an ihrem Geruch ersticken und beim ersten Kosten zu einem wahren Suchtmenschen mutieren und in wilde Raserei verfallen.

Vielleicht würde es diese eine Erscheinung geben, die alle wäre und ihn lehren würde, wie Hingabe auszusehen habe.

Zerfleischen würde sie ihn.

An ihm, dem netten Burschen, würde sie sich satt fressen.

Richtige Temperatur.

Richtige Worte und Ideen.

Offenes Herz, offene Schenkel und irgendwas mit Menschenschmuck.

Er würde darum bitten.

Klassisch eben.

Therapy

*J*ch lasse meine Gedankenprotagonisten gern an den Geschlechtsteilen ihrer Eroberungen ersticken.

Das ist für mich die ehrlichste und tiefgreifendste Form der Romantik.

Ich mag diese Intensität irgendwie so gern.

Ich meine, es gibt Menschen, die nicht einmal gern kuscheln oder so.

Denen ist Nähe ein Graus, da kitzelt die Vorstellung, sie würden an größter Intimität krepieren, dann doch mein zartes Herz."

Der Psycho-Onkel, wie sie ihn gern nennt, nimmt seine Brille ab, putzt diese an seinem Hemdsärmel ab, rutscht unruhig auf seinem roten Kunstledersessel hin und her und räuspert sich.

Er ist nicht der Typ Clooney oder so, eher ein Tetzlaff oder Adolf in dürr und ein bisschen sympathischer.
Er würde gern mit seiner Patientin schlafen und findet das gut.

Seine Patientin, diese geile Sau.
Masturbationsfantasie, dreckig, unverhohlen unfähig zur Liebe und komplett kaputt.
Vaterkomplexgesülz, wechselnde Geschlechtspartner mit Penis oder Vagina, hält sich für genial und komplett unfähig und ist eigentlich nur eines.
Dumm.

Aber geil.
Dummgeil.

Er starrt in ihr verbrauchtes Gesicht und taxiert ihren Körper.
Große, schwere Titten hat sie.
Extra für ihn trägt die kaputte Sau keinen stützenden BH, davon ist er überzeugt.
Runde, fleischige Hüften und massive Schenkel, die in eine viel zu enge Jeans gepresst sind.
Ihre Labien zeichnen sich ab.

Sie referiert häufig darüber, dass das so sein müsse, dass sie selbstbestimmt wäre und einen Fick drauf gäbe, würde sich jemand an ihrer Präsenz stören.

Der Onkel Doktor weiß es besser.

Die kaputte Sau weint oft und laut und wird an jedem bösen Blick und Wort ein wenig kaputter.

Alles Fassade und Scharade, so wie es alle Dummköpfe handhaben.

Das macht man eben so.

Er ja auch.

Er mimt den professionellen Menschen, der Hilfe bedeutet und kann.

Einen Scheiß kann er.

Er weiß um seine Unfähigkeiten und er weiß um seine Gier und seine Triebe.

Er weiß um sein hässliches Gesicht und seinen gekrümmten Körper und er weiß, dass die Mädchen, die er sich kauft, sich vor ihm und seinem mickrigen Schwanz ekeln.

Ebenfalls weiß er sich zu befriedigen.

Er wird geil und groß an dem Elend anderer.

Die ganzen kaputten Menschen, die an sich, der Gesellschaft, dem Druck und den Schicksalsschlägen scheitern, bedeuten für den Onkel Doktor Befriedigung und tragen sie neben den Problemen auch noch massive Brüste mit sich rum, sprechen von der Fickbarkeit des Seins und schildern ihre Eskapaden stets aufs Neue, dann ist er dankbar und ein bisschen glücklich.

Da sitzt sie und er sieht, wie sich ihr Mund bewegt.

Sie sagt irgendwas, er nickt, kritzelt haarige Muschis in sein Büchlein und fragt sich, ob jemals jemand an seinem Geschlecht ersticken könnte.

Wohl eher nicht aber er wird es heute abend bei seiner kleinen, zarten Lieblingskaufbaren versuchen.

Die ist auch so schön kaputt, trägt die Traurigkeit und Sucht in ihrem Gesicht spazieren und er ist ihr Patient.

Er wird sie ersticken, irgendwie.

Er wird sie stellvertretend erlösen und ihr zeigen, wie Romantik wirklich aussieht.

Die Patientin liegt vollkommen richtig, Intensitäten ja, die sind wichtig.

Er lächelt sie an und nickt.

Ein toller Arzt.

Aus dem Tagebuch eines Masturbanten

*E*s ist Sonntag, der Frühstückstisch ist gedeckt und der Kaffeegeruch wabert durch die große Wohnung im dritten Stock.

Die großen Fenster sind mit dunklen Vorhängen geschmückt, die jedweden Sonnenstrahl aussperren.

Es ist dunkel.

Eine kleine Nachttischlampe steht auf dem Tisch und beleuchtet krossen Speck, pralle Trauben, noch dampfende Brötchen und allerlei Marmeladen.

Auf einer großen Leinwand verrenken sich Körper.

Eine junge Frau liegt geknebelt auf einem Sofa und schaut ängstlich in die Kamera.

Eine dralle Dame hüpft auf dem Schwanz eines gesichtslosen Mannes auf und ab.

Egale Körper penetrieren einander, nehmen auf, geben sich und ab.

Gesichter werden mit Säften bedacht.

Sie lachen und weinen.

Sie spucken und schlucken.

Sie wüten auf- und ineinander.

Eine endlose Aneinanderreihung von Menschenszenen.

Hingabe zum Frühstück.

Aus den Boxen, die sorgsam in den richtigen Ecken des Zimmers positioniert wurden, dringen Geräusche, die dem Lauschenden gut tun.

Gurgeln, Kreischen, Stöhnen, Schreie und zufriedene Laute.

Der Wohnende beißt in eine mit Schokolade beschmierte Brötchenhälfte und trinkt seinen gezuckerten Kaffee.

Er seufzt tief.

Ein Mädchen weint, während es versucht, einen großen Schwanz im Mund zu balancieren.

Zu groß.

Der Frühstückende begutachtet das Schauspiel und erfreut sich an den reißenden Mundwinkeln.

Sie übergibt sich.

Er steckt sich eine Handvoll Trauben in den Mund.

Der Saft des Obstes benetzt sein Kinn.

Unter dem gedeckten Tisch hockt eine Frau.

Er streichelt ihr über den Kopf und steckt ihr eine Traube in den Mund.

Sie schnurrt, reibt sich an seinen nackten Beinen und verharrt.

Die Boxen dröhnen, das kleine Licht flackert.

Auf der Leinwand tanzt ein blondes, zartes Mädchen vor einer Gruppe älterer Herren.

Sie geht in die Knie, starrt geistesabwesend in die Gesichter der Zuschauer und positioniert eine mittelgroße Flasche zwischen ihre Beine.

Sie schließt die Augen.

Die Kamera fokussiert ihr verzerrtes Gesicht.

Der Mann am Tisch greift zum Speck und stopft sich das krosse Fleisch in den Mund.

Er mag Blondinen.

Zwischen seinen Beinen taucht ein dunkelhaariger Kopf auf.

Große Augen blicken zu ihm hinauf.

Er presst den Kopf tiefer in seinen Schoß und knurrt kurz, sie solle gefälligst den Mund öffnen und sich ihr Frühstück holen.

Die Frau saugt, schlürft und kichert leise.

Er schenkt sich neuen Kaffee ein, zuckert ihn stark und trinkt.

Die Leinwand gibt eine Schulmädchenorgie her.

Weiß bestrumpfte Beine werden gespreizt, bezopfte Köpfe tauchen ab und zarte Finger zerreißen zartrosa Spitzenhöschen.

Die Leinwandmädchen klingen schöner als die hungrige Tischdame.

Der Frühstückende ist satt.

Er tupft Krümel vom Tisch, ordnet die hübsche Tischdecke, verschränkt die Arme hinter seinem Kopf und beobachtet den kämpfenden Kopf zwischen seinen Beinen.

Die Schulmädchen stöhnen laut.

Er füttert seine Begleitung lautlos.

Der Menschensaft tropft auf seine Schenkel, kühlt aus und klebt.

Auf der Leinwand wird eine nackte Mittvierzigerin an einer Leine durch einen Garten spazieren geführt.

Ein hübscher, mit Fell ausgestatteter Buttplug schmückt den Weiberhintern.

Der satte Mann wünscht sich auch so ein Haustier.

Ein echtes, mit dem er spielen kann.

Er starrt unter den Tisch.

Lediglich große Spermaflecken zieren den edlen Teppich.

Frische und alte.

Eine schnurrende Katze mit Leine wäre jetzt wirklich schön.

Weiber, weißte!

Können nicht Auto fahren, plappern die ganze Zeit, sind zickig, geldgeil, verlassen sich nur auf ihre Titten, schieben die Netten immer in die Friendzone, stehen natürlich nur auf Arschlöcher, sind Schlampen und billige Flittchen, wenn sie gern Sex haben und irgendwie auch arg asi, wenn sie gern mal was trinken und nicht leise und pastellrosa sprechen und kichern.

Weiber, ey!

Ist doch klar, dass die so behandelt werden, die sind eben schwächer und wenn nicht, dann hat man natürlich Angst vor deren Größe, Stimme, Erfolg und Energie.

Das ist dann einschüchternd oder wenigstens unsexy.

Sie muss hübsch nicken, tolle Titten und ganz viel Demut inne haben.

Kurven an den richtigen Stellen muss sie haben, weil sie sonst ja gar keine richtige Frau ist.

Sie muss willig, gut im Bett, aber nicht zu erfahren sein.

Kochen können, nicht nörgeln, keine Ja-Sagerin, eine gute Esserin und bloß nicht zu dick sein.

Aber bloß nicht Typ Mutti! Und keine Langweilerin und keine dreckige Nutte!

Typen, weißte!

Sind allesamt notgeile Arschlöcher, egoistische Fuckboys, aggressive Bartträger und sowieso nur auf ihren Hoseninhalt bedacht.

Alles Machtwichser und desinteressierte Ignoranten.

Ist doch klar, dass die einem gewissen Bild entsprechen müssen, die sind eben das starke Geschlecht.

Müssen immer stehen, dürfen niemals weinen oder sich fürchten.

Über Gefühle reden ist weibisch und ungeil und wenn er nicht groß, breit, stark oder hart genug ist, dann ist er eben kein richtiger Mann.

Er muss das Essen bezahlen. Er muss anrufen. Er muss schützen, auffangen. bärtig und stark sein. Er muss eine Beschlafungsmaschine, geduldig, sensibel und bloß nicht zu soft sein. Sich erkundigen ist wichtig, lieb sein und auch mal den Müll runterbringen.

An Geschenke denken und die Dame auf Händen tragen aber nicht zu sehr, niemand mag einen Softie.

Bloß kein Daddy-Typ, ein zu lieber oder Kleinschwänziger!

Weiber, weißte!

Typen, weißte!

Menschen, weißte!

Kultivierte Blödheit, weißte!

Sexistisches Arschlochtum, weißte!

Ich empfehle die Kollegen Barth, Barbie, Ken und viele, viele einsame Spielstunden.

Du weißt nicht, wie es ist, ein Mädchen zu sein!

Die junge Frau bezeichnet sich selbst als Mädchen, sitzt vor mir, nippt an ihrem Karamellkaffee und schaut mich herausfordernd und tieftraurig an.

Die junge Frau, das Mädchen.

Vor wenigen Minuten weinte sie noch, verknotete ihre zarten Hände, ließ ihr hellblondes Haar einen Vorhang für ihr gerötetes Gesicht sein und sprach von tiefer Verzweiflung.

Davon, dass sie immer schon das zarte Ding gewesen wäre und man sie dafür entweder begehrte, verabscheute, unterschätzte oder verlachte.

Davon, dass sie, wäre sie das burschikose, dunkle und härtere Gegenstück, ebenso bestempelt würde, dann aber eben als Feminazi, Lesbe oder Unfickbare.

Davon, dass sie, würde sie sich ausleben und ihren Bedürfnissen nachgehen, mit Schmutz beworfen und mit Verachtung gestraft würde.

Davon, dass man sie bereits Schlampe schimpfte, als sie noch Jungfrau und sortiert war.

Davon, dass man sie beleidigte, als sie Avancen ablehnte.

Davon, dass sie sich als Erfüllungsgehilfin, Fickfrucht, Momentliebchen, Körper, jetzt ganz brauchbar aber alsbald zu alt und demzufolge nicht mehr schön, fick und liebbar empfand.

Davon, dass man ihr einimpfen wollte, sie wäre selbst schuld, würde ihr etwas zustoßen, schließlich wäre sie zu schwach, zu weiblich, zu unangemessener Zeit unterwegs, falsch angezogen oder würde falsche Signale senden.

Sie hatte viel geweint und oft in meinen Armen gelegen, während sie mit sich, den Menschen und Vorurteilen haderte.

Viele Nächte brachte sie damit zu, Rotwein zu trinken, Kette zu rauchen und davon zu erzählen, wie sie sich gefühlt hatte, als ihr Onkel ihr an die blühenden Brüste tatschte und sie wissen ließ, sie wäre bald reif.

Wie sie sich gefühlt hatte, als sie sich die ersten Male wehrte und mit Worten auf Missstände aufmerksam zu machen.

Wie es sich anfühlte, als man sie belächelte, ihr riet, sich nicht so anzustellen und zu übertreiben.

Wie es sich anfühlte, als Mutter, Tante und Freundinnen sicher waren, jede Zuwendung wäre eine Art Kompliment oder eben die Art, wie Männer zeigen, dass sie ein Mädchen hübsch und interessant finden.

Wie es sich anfühlte, sprach man von ihrem Tittenbonus und davon, dass sie das eben nutzen sollte.

Sie sprach oft davon und schilderte ihre Beziehungsversuche.

Erzählte von lieben Jungs und bösen Männern.

Von Idealen, Ängsten, Gewalt und Zwängen, die anfänglich gar nicht erkannt wurden.

Da wäre einer gewesen, der sie wohl geliebt hatte und Liebe mit Besitz verwechselte.

Das blonde Mädchen durfte nicht raus, nicht mit Menschen sprechen, keine Kleidchen tragen und nicht widersprechen.

Und sie wusste es nicht besser, war sie doch schwach und war er doch stark.

Der große Junge und das kleine Mädchen.

So dachte sie, so glaubte sie, so liebte sie.

Und irgendwann nicht mehr.

Es folgten Ver- und Suche.

Männer, die schlugen, betrogen, benutzten, einsperrten, aufzehrten, sich und sie leer fickten, nahmen und degradierten.

Über Wochen und Monate erzählte sie mir von den Menschen und nannte sie Monster.

Jede Geschichte ein Herzensbruch.

Und ich sammelte still, lauschend und haltend die Scherben ein.

Sorgfältig und gewissenhaft.

Ich schnitt mich, blutete lang und nahm jedes Wort, jede Geschichte und jede Traurigkeit auf und wahr.

Niemals warf ich ein, nicht alle Männer und Menschen wären so.

Niemals verlachte ich ihren Schmerz, der keinesfalls Mädchen, klein, dumm, durchaus aber Mensch war.

Niemals schien sie mich als Mann, Schmerzverteiler oder Gefahr wahrzunehmen und jedes Mal bedankte sie sich bei mir für mein Sein.

Ich liebte sie.

Sie liebte mich.

Ich weiß tatsächlich nicht, wie es ist, ein Mädchen zu sein.

Ich weiß aber sehr gut, wie es ist ein Mensch zu sein, zu verstehen und sich gefangen zu fühlen.

Da sitzen wir.

Sie, die Mädchenfrau in tieftraurig, Angst und steten Erklärungsnöten und ich, der Mann, der sich schuldig fühlt, wütend, Tröster, Mensch, ebenso Bedürfnis-, Trauer- und Stempelopfer ist.

Wir schauen einander an.

Ich weine, verknote meine Hände, sinke tief und spüre, wie mich zarte Arme umfassen und ein trauriges Mädchen mich tröstet.

Groß und stark.

Und natürlich sind wir Huren!

*E*iner nannte mich mal Schlampe.
Einer nannte mich mal Hure.
Die Anderen nannten mich dumm, leer, zu dunkel. zu laut, zu viel von Allem und von Vielem zu wenig.
Fett, hässlich, abstoßend, verkopft, zerrockt, verraucht und gebraucht.
Einer nannte mich mal Schlampe und liebte mich.
Laut, verkopft, dunkel und leer.

Schlussendlich lieben sie dich nur.
Schlussendlich hassen sie es, dich zu lieben.
Schlussendlich wissen die halt einfach nicht, wie Liebe geht und dass wir uns alle so verdammt ähnlich sind.

Und natürlich sind wir Huren!

Wir verkaufen uns mitsamt Körper, Geist, Herz, Zeit und all dem Menschengeschmeiß für den Körper, den Geist und das Herz des Anderen.

Und natürlich sind wir Schlampen!

Wir lassen den Abwasch stehen, riechen an den Nickies, ob sie noch tragbar sind, beziehen unsere Betten viel zu selten frisch und lassen die Wohnung unaufgeräumt, weil es zum Seelenleben passt.

Und natürlich sind wir dumm und leer.

Liebe macht dumm und Sehnsucht konstruiert dunkle Einöde.

So ist das eben.

Menschen, ey!

Rauchen und brauchen.

Lieben und leben.

Wunderschöne, sich und einander suchende Huren und Schlampen.

Gemeinsam dunkel.

Gemeinsam dumm.

Gemeinsam leer.

Unfassbar schön und begehrens- und liebenswert.

Mobbing

Hallo, ich bin es.

Ich bin die, die man früher hässliche Sau nannte.

Ich bin die, die man auf dem Schulhof mit Essensresten bewarf, der man Kaugummi ins Haar klebte, die man bespuckte, mit brennenden Zigaretten bewarf und der man stets das Bein stellte.

Ich bin die, die Angst davor hatte in den Schulbus zu steigen.

Die, die Angst vor jedem neuen Tag hatte.

Die, die heute noch manchmal glaubt, dass Menschen, wenn sie herzlich lachen, den verachtenswerten und hässlichen Clown in mir erkennen.

Die, der man den Tod wünschte, der man applaudierte, wenn sie fiel oder weinte.

Ich bin die, der man Schmähtexte widmete, die man auf dem Schulweg verprügelte und die man zwang auf Knien um Gnade zu winseln.

Die, die weiß, was Mobbing bedeutet, auch wenn es damals „Hänseln" hieß.

Ich bin die, die den Tätern nicht einmal mehr böse sein kann, ebenso nicht den Beobachtern und denen, die versagt haben.

Nicht dem ignoranten Lehrer, nicht den unwissenden Eltern und eben nicht den Kindern, die ein Feindbild brauchten um gemeinsam Kraft zu empfinden.

Ich bin die, die hofft, dass den Kindern derer, die so etwas antaten, niemals so etwas erleben müssen.
Ich bin die, die kleine, traurig anmutende Kinder in den Arm nehmen will, um ihnen zu sagen, dass alle bösen Zungen da draußen sich irren.
Und das tun sie.
Nach wie vor und immer lauter.

Heute weine ich nicht mehr um mich, ich bin groß geworden und manchmal sogar ein bisschen stark und ich hatte das große Glück, dass der Dämon Internet noch nicht um sich biss.
Müsste ich diesen steinigen Weg heute gehen, wäre ich wohl vollends zerbrochen.
Wie schaffen das die zarten Seelen in diesen Tagen?
Ich weiß es nicht.
Ich hoffe nur und weiß um den Irrtum derer, die dir und dir und dir sagen wollen, du wärst falsch, zu anders, zu hässlich, zu dick, zu dünn, zu groß oder zu klein.
Sie irren!
Und du?
Du wirst groß und stark, wenn du es nicht schon lange Zeit bist.
Du wirst es besser wissen und sensibel für jene sein, die Feingefühl und Sicherheit benötigen.
Du wirst wachsen.

In diesem Sinne, keine Furcht vor neuen Tagen, schützende Hände, starke Herzen, ab und an taube Ohren, denkende Köpfe und die Hoffnung, dass der Mensch seine Stärke woanders finden mag als im Schmerz verteilen.

Demaskierungen

Was, wenn Liebe, Erfolg, Schönheit und Glückseligkeit eigentlich ganz anders aussehen?

Wie wäre es wohl, würde der Mensch sich demaskieren und von aufgetragener Farbe, Attitüde und Phasenträumen befreien?

Er würde von seinen Ängsten berichten, statt immer fein zu lächeln, den Bauch einzuziehen und so zu tun, als wäre er mit der Schnelligkeit und dem maßlosen Plastikgenuss vor der Haustür einverstanden.

Er würde seine Depressionen, Unfähigkeiten und Ängste mitteilen, statt das 24658ste Fotoshooting zu starten, sich und seine Bedenken tot zu retuschieren und sich jeden Morgen wieder und wieder in ein steifes Funktionskorsett zu schnüren.

Er würde sich, sein Umfeld und alle anderen ungeschönten Abbilder ganz bewusst betrachten, statt sich in Vollrausch, unglückliche Arbeit, falsche Liebe, Konsumrausch und Luft anhalten zu flüchten.

Man weiß von Menschen, denen es schlecht geht, die krank sind oder es in großen und schnellen Schritten werden.
Von Menschen die sich und einander vergleichen.
Die sich täglich verlieren und gar nicht wissen, wie man sein Ich eigentlich überhaupt finden könnte.
Es wird sich nicht getraut, diese Kämpfe und diesen Lebensverlust in Dosen zu offenbaren.
Zu gefährlich und schwächlich, dieses Gemensche.
Dann wären Karriere, Status und womöglich Beziehung gefährdet.
Das will doch keiner.

Und die Kostümierung wird jährlich schwerer und teurer und die anderen Leben werden täglich reizvoller, perfekter, wahrer und hassenswerter.

Die leben und das und mir will das nicht gelingen.
Unfair ist das.

40 Stunden arbeiten, hübsch, stark, klug, kreativ und erfolgreich sein oder wenigstens aussehen.
Das muss und gehört sich so.
Das sagen und leben alle, also stimmt das und wird so gemacht.

Und manchmal, im stillen und dunklen Kämmerchen, fragt sich der Mensch, wie es wohl wäre, würde man diesem Funktionsapparat nicht mehr entsprechen.

Wie es wohl wäre, würde man einer Klum oder Kardashian ihre Schminktäschchen und Skalpellschwinger entziehen.

Wie es wohl wäre, würde dieses Menschenbewertungssystem einfach so verlacht und belächelt werden wie ein krankes, unfähiges und vielleicht übergewichtiges, stilles Menschlein.

Wie es wäre, würden sich die Welten drehen und wäre ein Altenpfleger der Rockstar der Gegenwart.

Und wie es wohl wäre, würde ein jeder Mensch da draußen, vor der Haustür, hinter den Bildschirmen, auf den Bühnen und in den Chefsesseln sein wahres Gesicht zeigen.

Was, wenn diese Menschen, diese Erfolge, diese Schönheiten und diese Leben ganz anders aussehen als erwartet?

Unvorstellbar.

Der Mensch ist immer so extrem, weißt du?

Du ja auch.

Immer diese Euphorie und dieser grelle Sonnenschein, während die Vögel zwitschern, das Meer rauscht und die Freude und Liebe dir dein Herz zerfressen.

Darauf folgt dann die Hölle, das tiefe Dunkle und diese überbordende Traurigkeit.

„Das kann doch nicht gesund sein."

Ich denke ja, dass so Mittel-Sachen viel ungesünder und furchtbarer sind.

Ich bin ja davon überzeugt, dass Menschen sowieso immer ein bisschen zu mittel sind.

Immer mit der Ruhe und ja vorsichtig.

Bloß keine Euphorie und ja nicht zu laut.

Bloß niemanden überrennen und ja nicht zu offensichtlich weinen.

Ich glaube ja, dass das ungesund ist.

Die Sonne scheint? Du bist verliebt? Du träumst? Der Moment beglückt dich so sehr, dass du jauchzen, tanzen und lachen willst?

Du bist fähig, die Schönheit der Dinge zu empfinden?

Wieso verschweigen, kleinreden und denken und sich selbst ermahnen müssen?

Du bist tieftraurig?

Zweifelst, haderst, es zerbricht dir ein kleines Herzensstück und du willst am liebsten in den Arm genommen und gestreichelt werden?

Du fürchtest dich?

Wieso solltest du das im Stillen tun, dich verbiegen und dir ein Lächeln ins Gesicht tackern?

Schon seltsam irgendwie, dass das echte Menscheln zu verschrecken weiß und man ermahnt wird, das mal ein wenig zu reduzieren und in die stille Mitte zu zwängen.

Will ich nicht.

Kann ich nicht.

Halte ich für ungesund.

Und ich bin euphorisch, während ich an den heutigen Lauf, den letzten Kuss, das gesprochene Wort, dich, mich, die Ideen, die großartigen Menschen und Möglichkeiten und den Himmel denke.

Gefühl zu und freilassen.

Mittelmaß hinter dem gedanklichem Palisadenzaun ist doch irgendwie auch nur verleben, rauschbefreit und klingt nach der Unfähigkeit, die Intensitäten des Lebens zu erfassen und zuzulassen.

Lacht mal und lebt mal und reißt mal Mauern ein!

Und weint mal kräftig, bis der Rotz läuft und die Augen knallrot sind!

Und tanzt mal einfach so zu der Musik, die gerade läuft.

Ist doch egal, ob ihr gerade in der U-Bahn, an der Supermarktkasse oder im Park steht.

Und küsst euch doch einfach mal, wenn ihr euch doch so gern habt.
Und hey, sagt euch doch mal, dass ihr etwas aneinander liebt.
Macht doch mal weniger Mittel und mehr Mega.

Mehr Leben geht doch gar nicht.

Hoffnung nennt man das wohl

Letztens saß ich mit der Liebe in der Sonne, trank über-
zuckerten Kaffee und starrte in die Sonne.
Das ist schlecht für die Augen, also das Starren, das weiß man.
Die Liebe seufzte und sah aus.
Schön anzusehen war das.

Ich saß so da, nippte am Getränk und überlegte.
Man hatte über Gemensche gesprochen und über das Funkti-
onieren im Gestern, Heute und Morgen.
Davon, wie man sich mit seinem Selbst in dem Jetzt arrangie-
ren könnte, sollte und müsste.
Man sprach über tiefe Traurigkeit und ausbleibende Möglichkeiten.
Von den dunklen Löchern, in die manch einer fiel und niemals wieder gesehen wurde.
Von der Unfähigkeit, sich zu bewegen und mitzuteilen.
Davon, dass Freudlosigkeit und Leere ständige Schulterbe-
gleiter wären.
Depression würde sich das nennen.
Tabletten gäbe es wohl dagegen und immer einen Freund, Bekannten oder Verwandten, der überzeugt davon war, er wisse,
was hilfreich wäre und dass es ja nur an Selbstliebe, Disziplin
oder Charakterstärke fehlen würde.

Und immer gäbe es einen, der dieses Dasein verlachen und als Trendgememme oder Wichtigtuerei bezeichnen würde.

Bekloppte wären das oder eben Psychos, Unfähige und Opfer.

Und dann stirbt jemand, der medial nah war.

Eine Kindheitserinnerung, ein Fußballstar, ein sowieso schon immer seltsamer Künstler oder ein A-Prominenter.

Und dann fragen die Menschen sich immer, wie das denn sein kann, weil Glück und Zufriedenheit eben aus Status, Geld und Beruf erwachsen.

Wenig wissen diese Menschen. Woher sollen sie es auch wissen?

Meine Liebe weiß nicht von der tiefen Traurigkeit, den Dunkelspuckern und Schultermonstern, der ist glücklich und ein Echtlächler.

Das ist schön und berührt mich körpermittig.

Ich lächle ebenfalls und weine nur wenig.

Depressionen nennt man das.

Ich funktioniere nicht oder selten oder eben leidlich.

Während der Mensch sich so durch sein Leben schleppt und wenigstens auf Sparflamme funktioniert, suche ich nach Streichhölzern.

Ich tappe im Dunkeln und ertappe mich dabei, mich an die Lichtfreiheit gewöhnt zu haben.

Mama hatte immer gesagt, es müsse irgendwie weitergehen.

Was aber, wenn das dunkle Loch keine Wege mehr offenbart?

Was, wenn man sich so sehr an die Dunkelheit gewöhnt hat, dass Licht zu einem Märchen, einer Sage, einem Mythos wird?

Was, wenn Mama sich geirrt hat?

Wie sieht so eine dunkle Zukunft eigentlich aus?

An der Kasse sitzen und geleert die Produkte fremder Menschen vom Band sammeln?

Sich die Mundwinkel festtackern, um niemandem das Fürchten oder die Wahrheit zu lehren?

Kinder bekommen, die ihre Mutter jeden Tag ein bisschen sterben sehen?

Der Liebe vom Scheitern erzählen und ihr jede Kraft nehmen, bevor sie groß wird?

Unter einer dunklen Brücke sein Leben aushauchen?

Vielleicht einfach bewegungslos irgendwo liegen, bis dieses Leben vorbei ist?

Den Freunden und Fremden lauschen, während sie von ihren Heilmitteln und guten Ratschlägen palavern?

Atmen?

Die konditionierte Unfähigkeit akzeptieren?

Tabletten überdosieren?

An seiner Scham und sich schuldig fühlen ersticken?

Sich sedieren, bis man sich oder das, was man dafür hält, nicht mehr spürt?

Andere hassen und beschuldigen?

Einem Feindbild erliegen, um seinen eigenen Zustand wenigstens halbwegs erträglich zu gestalten?

So tun, als wäre man Erfolg auf zwei Beinen und dann heimlich in seinem Loch hocken und sich verlieren, wenn keiner guckt?

Die Liebe lächelt mich an, bügelt Hemden und meine Gedanken.

Ich lebe noch.

Das Herz taumelt und bettelt ein bisschen lauter nach Genesung.

Das kann und will noch und ermahnt mich.

Es erinnert mich an vielleicht bessere Gedanken.

An tote Kollegen, Freunde und Idole.

An Mutters Lächeln, Brüderchens Witz, Freundesfreuden und Eventualitäten.

An Möglichkeiten und die Wärme, die vom Licht ausgehen würde.

Ich befühle es, beruhige es und mich.

Hoffnung nennt man das wohl.

(Sch)Wermut

Wermut.
    Ich weiß gar nicht ob das Schwermut ist oder mein Wesen oder eben das permanente Runterkommen von diversen Rauschzuständen.

Es scheint so sein zu müssen.
Aussehen, irgendwo hingehen, sich in das nächste Café setzen und geschäftig auf dem Laptop rumdaddeln, Milchkaffee mit heimlichem Schuss und verkniffene Gesichter in ungeputzten Scheiben.

Sitzen, schwitzen, reden, reden, reden.

Ich arbeite an einem neuen Projekt, das frisst Zeit, da habe ich keine freien Gedanken mehr für das Menschsein und die seltsame Liebe zu mir oder gar jemand Anderem.

Und dann senke ich kurz die Stimme, schaue mich um und flüstere im verschwörerischen Ton, dass ich ja eigentlich sowieso noch nie gewusst oder geahnt hätte, wie Mensch sein und ehrlich lieben eigentlich geht aber, dass das ja egal wäre, die Anderen wüssten es ja auch nicht.

Verständnisvoll wird dann genickt, sich nach Projekt, der letzten Katalogliebe, dem letzten Fick und dem neuen Club ums Eck erkundigt.

Ich erzähle dann und will das eigentlich gar nicht.

Lieber möchte ich in das fremde, überteuerte Kaffeegetränk weinen und davon erzählen, dass, wenn man bedenkt, wie teuer man für jeden Atemzug bezahlt, das Verleben doch noch viel zu günstig wäre.

Geht aber nicht, wäre zu theatralisch, würde dem Klischee des schreibenden Brillenkinds in der Mitte der Coolness zu sehr entsprechen und so gar nicht mir.

Mir glaubt ja keiner.

Wir sitzen nur hier, bezahlen irgendwann, lächeln dem Gastgeber dümmlich ins Gesicht und lassen Münzen und ein paar Leben in fremde Hände wandern, bevor wir uns verabschieden und müde ins Nachhause trotten.

Und dann weine ich allein, trinke Wermut, weil das Gesöff zum Schwermut passt und dankbar eine Handvoll Ideen lahm legt und starre an meine absonderlichen Wände.

Die sind alt und kaputt, voller Unebenheiten und weit von Raufaser und Einhornbildern entfernt.

Lachende Gesichter kleben da und kluge Textpassagen, die ich nicht geschrieben habe, weil es mir nicht einfallen will wirklich klug sein.

Ich kann nur traurig oder eben zynisch und manchmal, wenn ein hübsches Gesicht meinen Weg kreuzte, eben auch süß und wellenhoffend.

Ich heule, lache, bin 8, 16 und 30 Jahre alt, gucke genauer hin und erkenne unglückliche Familiengesichter auf ungewollten Fotos, Eintrittskarten, längst vergilbte Nacktaufnahmen und die Telefonnummern derer, die man sowieso niemals anrufen wollte.

Ich warte, wische typische Tränen weg, bin wütend auf den Fluss, schäme mich vor mir selbst und hoffe auf Wellen.

Ist das Schwermut?
Ist das Wermut?
Sind das die Stirnküsse derer, die nicht bleiben sollen, können und wollen?
Ist das Ich?
Bist das du? Sind das die Wellen?

Filterfressenfurcht

Heute fuhr ich durch ein graues und verregnetes Berlin.

Ich saß in der S-Bahn, beobachtete die Stadt und ließ meinen Blick über meine Mitfahrer schweifen.

Wir saßen da gemeinsam und wollten irgendwo hin.

Ich studierte die fremden Gesichter und bemerkte, dass sie alle nach Traurigkeit, Müdigkeit und Schwere aussahen.

Und es setzten Gedanken ein, so rauschend und plötzlich wie ein heftiger Regenfall.

Die sind traurig, diese Fremden.

Die zweifeln und jeder kann das sehen, wenn er denn möchte.

Die kämpfen sich durch die Tage, die Arbeit, den Verkehr, soziale Gepflogenheiten, Liebesbeziehungen und Supermarktdesaster.

Ich sitze hier, bin so grau wie der Himmel und ebenfalls traurig, müde und schwer.

Ich bin die, die hier sitzt, sich nur um sich selbst dreht, sich fragt, was Kunst eigentlich ist, ob ich so was überhaupt mache, wer das überhaupt braucht und ob ich wohl jemals davon leben kann.

Ich bin die, die zweifelt, sich nicht traut, nicht an Erfolge glaubt und eigentlich annimmt, dass schon am nächsten Morgen kein Schwein mehr meine Kleinmädchengedanken lesen, hören und spüren will.

Ich bemitleide mich dann selbst, bin davon überzeugt, dass das, was ich da tue niemals ausreichen wird, um sich damit aufzustellen und frage mich immer, wieso eigentlich all diese Künstler, die man so kennen und nennen darf, nicht von ihren Zweifeln, ihren Ängsten und den Stolpersteinen berichten.

Wieso werden diese Dinge so verschwiegen und getötet?

Sind Sorgen, Ängste, Verstimmungen, kreativer Stillstand und Zukunftsangst irgendwie giftig und unwahr?

Verliert der Kunstschaffende dann an Glanz und Kraft, wenn er sich offenbart?

Ist das dann zu menschlich?

Wird er dann nicht mehr gewollt, gemocht und konsumiert?

Und hier sitzen die Fremden und ein kleines Ich.

Wir schauen uns an und durch uns durch.

Allzu menschlich, diese grauen Gesichter.

Ich frage mich, woran sie scheitern und welche Dinge sie wälzen und fürchten.

Draußen regnet es in Strömen und ich weine.

Ich mache das ganz laut und unversteckt.

Die Menschen starren mich an oder auf den Boden, es ist ihnen sichtlich unangenehm.

Das macht man nicht, das ist Kontrollverlust und gehört nicht ins Draußen.

Das lernt man so und dementsprechend wird funktioniert.

Verstecktes Menschsein, so tun, als wäre alles okay.

Nach außen immer funktionstüchtig, sortiert und kontrolliert.

Ich verstehe das und bin nicht gewillt, dem nachzugeben.
Ich möchte nicht ideal, Idol und wenigstens ein bisschen kaputt sein dürfen und davon erzählen.
Ich will erzählen, dass ich gar nicht cool oder sonderlich klug bin, nur einen Hauptschulabschluss habe, meinen Bauch immer einziehe, meine Geschichten manchmal total bescheuert finde, mich vor der Zukunft und dem unanfassbar werden fürchte, mich fürchte, weil schon zur Mitte des Monats mein Kühlschrank leer ist und ich manchmal vor Wut heule und schreie, weil mir keine Kreativität aus den Finger fließen will.
Ich will Menschen sehen und hören, denen es auch so geht, weil sie eben Menschen sind.
Keine Roboter mit Hautkostüm.
Keine Filterfressen, keine mit Herz und Hirn gefüllten Fleischmaschinen.

Und während ich weine, die Menschen mich schweigend anstarren, ich mir die Nase putze und mir wünsche, man würde und dürfte ehrlicher und echter sein, wird mir bewusst, dass man das eben so macht und Schweigen, aufgesetzte Gesichter, Verklärung und Idealisierung wohl so in der Lebensbedienungsanleitung stehen.
Und ich lächle, weil mir bewusst wird, dass ich diese unselige Bedienungsanleitung verbummelt habe.

Von Einsamkeiten, Käfigen und Papageien

Glaubst du eigentlich, dass man an Einsamkeit sterben kann?
Also dieses klassische „Papagei geht ein, wenn sein Gegenstück nicht mehr ist"?
Glaubst du, dass wir, wie wir so in unserem Menschenkäfig hocken, diesem Schicksal auch anheim fallen?
Glaubst du das?

Er nickt, reicht ein schneeweißes Taschentuch und bittet um Tränen.
Den Scheiß kenne er schon.
Er wisse, wie eng der Menschenkäfig wäre und dass da wenig Platz für echte Komplettierung wäre, weil, machen wir uns mal nichts vor, man zu sehr auf die außenstehenden Gaffer fokussiert wäre.
Und die konsumieren das adrette Wesen hinter den Gitterstäben.
Es ist so laut und wird an seiner Einsamkeit traurig und Traurigkeit, das weiß man, macht auf eine schmerzliche und mysteriöse Art sinnlich, schön und zieht an.
Man will die Wesen kurz befingern und befühlen.
Wissen, ob deren Oberfläche zart und weich oder aber hart und schuppig wäre.

Weinen hilft.
Weinen leert und macht Platz für Eventualitäten.
Weinen rettet.

Und sie weint, betrachtet die wilden Vögel da draußen und fragt sich, wie die sich eigentlich fühlen, während sie auf die kleinen Menschen hinunterblicken.

Sie betrachtet sein abgewandtes Gesicht, bastelt zarte Gitterstäbe aus den Tränentüchern und würde gern seine Mundwinkel küssen.

Der ist ein Papagei.

Arme umfassen sie, ziehen sie von sich und ihrer bittersüßen Traurigkeit fort und halten fest.
Das ist irritierend und sie zuckt, zittert und atmet hektisch.

Er streichelt ihren Nacken.
Sie fragt sich, ob er ihr das Genick brechen könnte.
Er küsst ihre Stirn.
Sie fragt sich, ob das Spuren hinterlassen wird.
Er hält fest und sie fällt.

Der Käfig ist offen.

Sonnenknopf

Geh doch mal los und erzähl deinen Freunden, deiner Familie, deinem Chef und deinen Kollegen davon, dass du traurig bist!

Nicht diese „Ich wurde verlassen-meine Hose passt mir nicht mehr und die Kekse sind auch alle-Traurigkeit".

Diese urvertraute Traurigkeit, die der Sonne die Helligkeit abspricht.
Diese Traurigkeit, die jedes Gesicht zu einer unerträglichen Fratze werden lässt.
Diese Traurigkeit, die nicht funktionieren, lachen, leben und lieben lässt.

Geh doch mal los und bestell dir eine Portion Leben, wie es sich gehört!

„Ich gehe nirgends hin, erzähle niemandem auch nur irgendwas. Ich bestelle mir lediglich eine enorme Portion Fritten und einen Chardonnay und rauche Kette."

Das blonde Mädchen seufzt tief, versteckt sich hinter ihrem Haarvorhang und schluchzt.

Die und Dunkelheit?
Niemals!

Ich kann mich nicht erinnern, wie lange wir schon so voreinander sitzen, uns ansehen und an ihrer Traurigkeit knabbern.

Fritten sollte es regnen und Weißwein sowieso.

Sie schmunzelt, begutachtet den hübschen Kellner, angelt nach einer goldbraunen Kartoffelköstlichkeit und steckt sie sich gierig in den schönen Mund.

Fettglänzende Lippen spiegeln jede ihrer Regungen wider.

Sie scheinen zu hüpfen, kräuseln sich, verkrampfen sich, werden von einer rosa Mädchenzunge beleckt und formen einen Kussmund.

Traurig also.

Niemals!

Ich zünde mir eine Zigarette an und reiche ihr das Glas.
Sie säuft sich gierig leiser und schweigt in den Raum.

Sonne muss ich sein und Kellner und Familie.
Vielleicht weiß sie davon, vielleicht will sie das gar nicht, vielleicht weiß sie gar nicht, dass sie will und braucht.

Vielleicht bin ich die Fratze, die sie in ihrem Gesicht zu erkennen glaubt.

Ich strecke mich ihr entgegen und meine Zunge raus.

Keine Regung und hellblaue Augen, die mich verständnislos über den Rand des halbleeren Glases anstarren.
Ich sollte mich auf die Suche nach ihrem Sonnenknopf begeben, rutsche unter den Tisch, umarme ihren weichen Schoß und lege mein Ohr an ihre Brust.
Still ist sie und nachgiebig.
Wild ist das Wollen und die Suche nach Glück.

Kein Protest und ein hüpfendes Herz.
Ich suche den Knopf, werde ihn betätigen und Sonne schenken.

Sie wird Weißwein trinken und nur noch des Glückes und der Freude wegen weinen.

Vom Versuch, zu l(i)eben

Ich habe immer versucht zu leben.

Immer habe ich versucht zu lieben, zu lachen, zu schreiben, zu tanzen und eben das zu tun, was zu einem erfüllten Leben eben dazu gehört.

„Tu das, was dich glücklich macht" sagen sie und während sie das sagen, lächeln sie dir aufmunternd in dein Gesicht, streicheln dir freundschaftlich die Schulter und meinen es so.

Und du lächelst zurück, weil man das eben auch macht, das sagen die Gepflogenheiten.

Tu, was dich glücklich macht!

Was das bedeutet, frage ich mich schon ein oder 12 Leben lang.

Was macht denn glücklich?

Die Menschen nennen Beispiele, wenn man sie fragt.

Reisen, Freunde treffen, Welpen, Kunst schaffen oder ein bisschen sein, Kinderlachen, Sex, Kuchen mit Glasur, den Leidenschaften frönen, Tanzen, im Garten arbeiten, auf Obstbäume klettern, im Meer schwimmen, Schneemänner bauen, jemanden lieben und vielerlei Glücklichmacher mehr gäbe es zu entdecken und zu leben.

Was, wenn ich nicht schwimmen kann, Kuchen mir nicht schmeckt, ich Höhenangst habe und ich noch nie in ein anderes Land gefahren oder gar geflogen bin?

Was, wenn zwischen all dem Beton keine freie Fläche für einen Garten Platz hat und nirgends Kinder lachen, man sie aber weinen hört?

Und was bedeutet es überhaupt, Leidenschaften zu leben?

Was, wenn man gar keine hat und nur so halb durch sein Leben dümpelt?

Vielleicht bedeuten ja Glück und Lebensfreude die Befriedigung der Bedürftigkeit der Dinge.

Die Dinge wollen benutzt werden.

Telefon, Waschmaschine, Auto, Laptop, der neue Fernseher, die Dinge eben.

Kauf mich, benutz mich, mach schon!

Ich bin Glück und mich gibt es sogar auf Raten.

Und irgendwie scheint es, als würde das eben Zufriedenheit, Sicherheit und Leidenschaft bedeuten.

Besitzen scheint gleichermaßen Glück, Lebensfreude und Befriedigung zu sein.

Die Bedürftigkeit der Menschen hingegen, nun ja, sehr dünnes Eis und so ungewiss.

Warte ich auf die Liebe oder das neue Telefon?

Auf neue Spielereien? Darauf, dass ich im Single-Supermarkt fündig werde?

Darauf, dass mein Partner mich endlich sieht, versteht oder wenigstens verlässt?

Warte ich auf die ausbleibenden Umarmungen? Darauf, dass mich meine Kinder endlich mal wieder anrufen?
Strebe ich nach Beschlafungsritualen? Anerkennung? Geld?

Welche Bedürfnisse habe ich eigentlich, wenn ich Apple, dicke Brüste, Orgasmen, Verdauungsvorgänge und Schlaf abgefrühstückt habe?

Die Bedürftigkeit der Dinge.
Die Bedürftigkeit der Menschen.

Und wir leben alle und wir versuchen alle und wir wünschen und streben und fragen.
Manch einer lutscht an seinen Ideen, der Andere frisst sie, der Nächste spuckt sie aus, weil der Geschmack zu intensiv, zu scharf, einnehmend und gefährlich erscheint.
Wieder andere schmecken, fühlen, suchen und werden niemals satt.
Das macht dann wohl glücklich.

Das Problem...

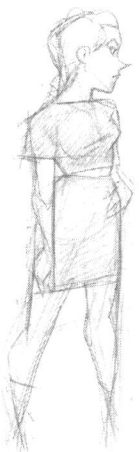

Das „Problem" ist, dass der depressive und dem Leben überdrüssige Mensch dir ins Gesicht lächelt und er gesund und zufrieden zu sein scheint.

Dass der Süchtige sich nicht zitternd zu dir gesellt und von seinen Monstern im Kopf berichtet, während er raucht, trinkt und lacht.

Dass der Kaputte sich jeden Tag aufs Neue zusammenbaut und nur hinter verschlossenen Türen kleine Teile verliert.

Dass der Zweifler schweigt und der Blinde sich sehend gibt.

Das Problem ist, dass jene, die nicht funktionieren es im Schauspiel durchaus tun und der Freund, Kollege, Nachbar oder Fremde es eben nicht erkennt, weil er es nicht soll.

Das Problem ist, dass funktionieren, fit, bumsbar, energetisch, erfolgreich und gut aussehend sein eben Rollen sind, die erfüllt werden müssen.

Und jetzt stelle sich mal jemand vor, man würde keine dieser Rollen bedienen und sich trauen.

Jobverlust? Liebesverlust? Selbstverlust? Licht am Ende des Tunnels?

Kleine, abgegriffene Rollentexte?

Leere Persönlichkeitsregale?

Geöffnete Türen?

Wunden auf Beinen?

Man stelle sich das mal vor.

Letztens, als ich lebte und starb

25 war ich.

Jung, agil, freudig und fragil.

So ganz nebenbei atmend, planend, träumend und verdammt laut bin ich durch meines und das Leben der Anderen getänzelt, gestolpert und gefallen.

Durch die Leben meiner Eltern, Geschwister, Mitschüler, Kollegen, Kurzgeliebten, Begegnungen und Gesuchten.

Überall bin ich gewesen und an jeder Herzensstelle hinterließ ich einen kleinen Funken oder Großfeuer.
Konnte ich nicht ahnen, sollte aber so sein.

Ich war jung und einfach und da.

Geträumt habe ich, gelacht und gelebt und schlussendlich durfte ich sogar von der Liebe kosten.

Ich glaube, dass ich ein ganz passabler Mensch war, der ein recht gutes Leben geführt hat.

Klar, man hat enttäuscht und gewütet und ebenfalls hat man traurig, ratlos und leer gemacht aber hey, so sind die Menschen.

Die rühren auf und spüren Dinge, weil sie eben so gedacht und gemacht sind.

Meinen Eltern bescherte ich schlaflose Nächte und Wutanfälle, als ich ungefragt fernblieb, nicht anrief und Muttis Lieblingsteppich mit einem Gemisch aus Selbstmitleid, Wodka-O und Rebellion düngte.

Papa wurde schier wahnsinnig, als die ersten Jungs anriefen, um mit mir zu „lernen".

Meinem Bruder machte ich das Leben schwer, als ich seine übergroßen Shirts zerschnitt und zu sexy Kleidern umfunktionierte, um seine „coolen" Freunde zu beeindrucken.

Oma habe ich Geld geklaut und mich so sehr geschämt, dass ich ihr und Opa davon Pralinen kaufte, die nach 70+ schmeckten und einen pelzigen Film auf der Zunge hinterließen.

Vor Aufgaben und Entscheidungen habe ich mich gedrückt, so wie es sich eben für einen Menschen gehört, der erst noch versucht zu erforschen, wie Leben eigentlich geht.

Ich bin schwarz gefahren, habe Drogen probiert, fremde Jungs und Mädchen geküsst und auf Tischen getanzt, um kurz danach unter ihnen zu schlafen.

Und geliebt habe ich!

So sehr, so innig und so echt.

Meine kleine Mama, von der ich die hellen Augen, die krumme Nase und den Optimismus habe.
Meinen Papa, der ganz sicher der größte und stärkste Mann ist, der jemals auf diesem Planeten gelebt hat.
Meinen großen Bruder, der mich k.o. boxte, als ich ihn anflehte, mir beizubringen, wie Bret „the Hitman Hart" zu wrestlen und der mir in den Milchreis spuckte und mich trotzdem vor allem Bösen dieser Welt beschützte.

Meine weise Omi, meinen spargeldürren Opi, meine Kätzchen, Hamster, Goldfische und die Eckenspinne Horst, die zuletzt ungefragt über meinem Schreibtisch wohnte.

Die lieben Nachbarstanten und Onkel, ganz heimlich die Boybandbubis und am lautesten und leidenschaftlichsten diesen einen Mann, der mich erwachsen, sicher, bildschön und wohlfühlen ließ.

Der Eine eben.
Der, von dem die Filme, Schundromanschreiber, Gedichte und Träume erzählen.

Der, der mir im ersten Moment der Begegnung und im letzten Moment des Abschieds die Hand hielt und meine Stirn küsste.

Der, der bis zum Ende an meiner Seite verweilte und mich rettete.

Er ist der Eine, der bleibt, wenn man selbst schon lange fort ist.

Er war da, als ich tanzte, lachte, trank und Bühnen bespielte. Er war da, als ich fiel, weinte, haderte und wütete und ebenso war er da, als der Mann in dem weißen Kittel mir von einem Körperinhalt erzählte, der da nichts zu suchen hätte und der dummerweise schon dutzende Geschwister geschickt hätte. Da saßen die nun in mir und gedachten nicht, zu gehen.

Blöd gelaufen, dachte ich.
Lecker Mädchen, lachte ich.

Der Mann weinte.
Die Familie, Freunde, Kollegen, Tanten und Onkel reihten sich ein.

Blöd gelaufen, aber wirklich.

Man umschiffte gemeinsam allen Kampf und Krampf.
Man realisierte und war trotzdem glücklich.

„Ey, so ist das Leben! Es hätte schlimmer sein können! Ich habe übrigens auch noch Liebe im Leib, ha!"

Und er war immer da.
An meinem Bett saß er zu jeder traurigen, schmerzhaften,

rebellierenden und stummen Stunde und liebkoste mein Gesicht, meine Füße, mein Herz und unsere gemeinsame Zeit.

Wir hatten einander nur sehr kurz aber liebten binnen Sekunden und für zwei ganze Leben.

5 Monate, 20 Wochen, 140 Tage, 3360 Stunden und die letzten Sekunden.

Ich starb.

Den Kopf gebettet auf seinen Schoß.

Lächelnd, liebend, geliebt und...glücklich.

Des Menschen Tod

Des Menschen Tod ist wohl seine Unbeholfenheit und Furcht.

Des Menschen Tod ist wohl, dass er glaubt, Dinge zu wissen, erklären und verklären zu können.

Des Menschen Tod ist schlussendlich dieses kurze Leben.

Der Mensch.

Fleischkostüm mit Herz und Hirnfüllung.

Meist ganz gut gewachsen, manchmal gereift und selten gescheit.

Ausgestattet mit Gesicht, Atemwegen, Ideen, Wünschen und 99% Trieb.

Manche Menschen tragen wohlgeformte Brüste, Nasen und Geschlechtsteile spazieren.

Manche fressen sich selbst, eifern den großen, funkelnden und Fremden nach.

Manche weinen leise und wüten ganz laut.

Manche streben nach Macht, Tand und Sekundenanerkennung.

Die suchen.

Nach Liebe, Erfüllung, vollen Herzen, Kleiderschränken und Leben.
Nach Erfüllungsgehilfen, Ärger, Schuldigen und mehr und mehr und mehr.

Ich sitze hier, spreche von Flucht und wünsche die Menschen oder vielleicht auch nur mich ins Leere oder wenigstens geleert.

Dann würden die und dann würde man wohl weniger wüten, vergleichen, verlieren, hassen, scheitern und aufgeben.
Dann wären Ideale ein wenig egaler und dann würden Kanonen tatsächlich mit Konfetti oder Sahnepudding befüllt.

Dann wäre dieses Leben aber vielleicht auch zu einfach und der Mensch würde zu fett an der Freude und den Freundlichkeiten.
Vielleicht kann und soll der das gar nicht.

Stell dir vor, du würdest deine Mitmenschen, dich und die Welt vor deiner Tür, richtig gut finden.
Stell dir vor, es gäbe kein Kämpfen, Scheitern und sich selbst erweitern.
Stell dir vor, du wärst irgendwas mit Zufriedenheit und weichem Herz.
Stell dir vor, jeder würde geliebt, beschlafen, wäre satt und sicher.
Stell dir das mal vor!

Struktur ist Tod und Leben geht anders

(D)ie graue Dame rührt in ihrer faden Suppe und schaut aus dem Fenster.

Draußen sieht es nach mit Puderzucker bestäubter Welt aus. Ein hübscher Rahmen für ein recht hässliches Bild, denkt die Dame so bei sich, während sie geräuschvoll schlürft.

Fade Suppe allerorts.

Früher lagen die Dinge anders.

Kein Buckel, keine tiefe Furchen in Gesicht, Herz und Lebenslauf und kein Zwicken und Ziehen an Stellen, die am Menschen eben weich und anfällig werden, wenn er schon zu lange sucht, wandert und liebt.

Die Dame sitzt, atmet tief ein, legt den Löffel in die graue Suppe und tippt mit Pergamentfingern in die kleinen Fettaugen, die da so treiben und hübsch schillern.

Sehnsucht fühlt die Frau.

Erinnerungen setzen ein und zu und greifen viel zu fest in die Frauenseele.

Es zwickt abermals und will nicht enden.

Undankbar ist diese Verleben.

154

Undankbar ist dieses einsame Suppe kochen und nicht mehr schmecken oder gar genießen können.
Undankbar ist diese Puderzuckerwelt, die keine ist und niemals war und niemals sein wird.

Und während die viel zu dicken Socken die Füße wärmen und die Suppe erkaltet, vergisst die Frau die Frühlings-, Sommer-, Herbst- und Winterstunden.
Sie vergisst die alte Zeit, den schönen Jungen, die laute Musik, die Sehnsucht nach Mehr und Meer, das Suchen und die Sucht und all die Momente, die an Tränen, lautem Stöhnen, Geschrei, Flehen, Genuss und Nullangst satt wurden.

Sie vergisst ihr Leben und taucht in die Traurigkeit des Lebensabends, der sich nach kalter Nacht anfühlt.

Früher heftig geatmet und gelacht, bis der Bauch schmerzte, weil er soviel Leben und Freude nicht immer vertrug.

Heute rasselt die Brust und das Atmen fällt so schwer, wie das Leben.

Ich sitze neben ihr und beobachte ihre Traurigkeit.
Ich würde gern davon erzählen, dass alles gut werden wird aber ich fürchte mich vor den zu offensichtlichen Lügen.
Da sitzt die graue Frau, erkennt mich und sich nicht und lässt los.
Ein Blick auf die hübsch umrahmte Restwelt da draußen.
Ein Blick in die fade Fettaugensuppe und ein tiefer Seufzer.

Sie sinkt tief.
Das Rasseln verstummt.
Die Traurigkeit schwindet.
Die Suppe ist kalt.

Zwiegespräche. Belauscht und berauscht.

Ich habe zu viel gesoffen, mittlerweile zeichnet sich das ab.
Augen, Mund, Stirn und Hirn fahren seltsame Wege.
Sieht mitgenommen aus, dieses Zusammenspiel.
Vielleicht sollte ich mich in MDMA verlieben, meinen neuen
Freund Koka Ino nennen und mich von Jack, Jim, Glen und
Hendricks trennen.

Ich habe zu viel geliebt, mittlerweile zeichnet sich das ab.
Augen, Mund, Herz, Bauch und Hirn fahren wirre und irre
Wege.
Sieht mitgenommen aus, dieses zerliebte Weib.
Fühlt sich nach Leere an und so, als hätte ich mein gesamtes
Gefühlsinventar ganz wortlos abgegeben.

157

Vielleicht sollte ich mich in den Eiffelturm verlieben, der wäre immer da, würde ich ihn befühlen wollen und brauchen.

Stets zur Stelle wäre er, dieser millionenfach bestiegene Phallus.

Ich habe zu wenig erlebt, mittlerweile zeichnet sich das ab.

Augen, Mund, Nase, Hals und Hintern fühlen sich zu unentdeckt, sind damit unzufrieden und kleben an diesem Körper, der eigentlich noch lange nicht genug hat.

Falten will der züchten, sich zähmen oder lassen und nicht aufhören sich zu berauschen.

Sieht eigentlich noch ganz gut aus, dieses tanzende, zuckende, pumpende und greifende Ding.

Du zerdenkst zu viel, mittlerweile zeichnet sich das ab.

Der Fremde küsst.

Augen, Mund, Stirn, Hirn, Herz, Nase, Hals, Hintern und Fingerspitzen.

Sieht mitgenommen aus, dieser Typ.

Vielleicht sollte ich mir den mal genauer ansehen.

Was soll schon groß passieren?

Leben?

Sehnen und Suche

*A*lles, was du bist.
   Alles, was dir bleibt.
Enge Jeans, hochgekrempelte Ärmel, ein voller Kühlschrank,
Platten und Bücher in den Regalen, Fotos an der Wand und
Erinnerungen im schweren Kopf.

Ich habe, also bin ich.
Job, Verantwortung, Auto oder Monatsticket.
1000 Songs auf handlichem Plastik, hüpfende Bässe im Ohr,
hübsche Schuhe an den Füßen und Lust auf Leben.
Draußen schrumpft stetig die Kuppel, die sich Leben nennt.
Die gierigen Augen suchen den Horizont und scheitern.

Barfuß wünscht man sich.
Sand zwischen den Zehen, Meeresluft in den Lungen, Gerü-
che, die neu und nach so lebenswichtigen Erfahrungen riechen.

Man tauscht das elende 9 to 5 gegen Kleinmenschenträume,
schämt sich wenig für die treibende Naivität und atmet laut.
Verantwortung nur noch für sich und die drängende Lebens-
lust.

Die Befriedigung findet sich auf dem Weg, egal ob dieser nun glatt, steinig und unbegehbar erscheint.

Auto gegen wandernde Füße und Monatsticket gegen „Ich guck mal, wo es mich hintreibt."

Raus will der Mensch.

Grenzen erkennen, vielleicht sogar an ihnen scheitern und sie dennoch überwinden.

Raus aus dem Grau und Farben sammeln.

Frieren, Schwitzen, Hunger leiden, satt an der Fremde werden und sich die Taschen an der Erfahrung so voll machen, dass man an dem Gewicht nur noch gebeugt gehen kann.

Das stärkt den Menschen, so muss das doch sein.

Kleine Wohnung gegen die ganze Welt.

Kaleidoskope aus eigenem Lebenstrieb, Wellenglück und sich endlich trauen.

Atemzüge, Tage, Wochen und Jahre später steht der Mensch da, verabschiedet sich von der faden Suppe, die er vorher so kopflos und hungrig löffelte und doch niemals an ihr satt wurde, betrachtet seine nackten und geschundenen Füße, atmet tief ein, bemerkt das Meer, sich und weiß gar nicht mehr, wo das Zurück eigentlich ist.

Da ist er, dieser Mensch, schließt die Augen und spürt das Leben.

Frau Kopf

Frau Kopf, geb. am 14.08.1983 in Mecklenburg-Vorpommern, Gedankenschmiedin, Kolumnistin, Buch- und Podcast-Autorin, Social Networkerin, streitbar leidenschaftlich und passioniert für alles Menschliche, jeden Abgrund und Wachstumsschmerz, veröffentlicht nach dem 2014er Debüt „Kopf Schweine Sterben" mit ihrem zweiten Buch „Brachialromantik" prosaische Texte zwischen Salz in liebende Wunden und Operationen am offenen Leben.

Bereits erschienen in der Edition Outbird:
Ralf Bruggmann „Hornhaut - Wortlandschaften"

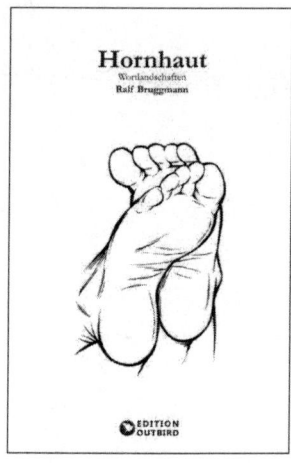

Ralf Bruggmann ist Meister der Stillleben. Er erzeugt in seinen Texten Sphären, die Schauer der Gänsehaut erzeugen, einem nicht selten beim Lesen den Atem rauben. Oftmals handelt es sich um ein oder maximal zwei Personen, und oftmals scheint Bruggmann mit einer scheinbar einfachen wie herausragenden Sprache das weibliche Wesen oder vielmehr die weibliche Angst zu ergründen.

Willkürlich(eingefroren)e Situationen, in denen die Umgebung im Zeitverlust erstarrt und die ProtagonistInnen im Mittelpunkt zu Sehnsucht, Begierde, unerfüllter Liebe, Verlorenheit oder gar dem Abgrund hinter sommerlicher Leichtigkeit kulminieren.

Bruggmanns Wortlandschaften haben eine ähnlich berauschende - wahlweise beklemmende - Wirkung wie ein gutes Musikstück oder ein einzigartiger Film.

ISBN 978-3-95915-103-0, Preis: 9,90€
Erhältlich unter: shop.outbird.net

Buch #4 in der Edition Outbird (Erscheinungstermin: 11/2017):
Michael Haas „50 - Licht und Schatten -
Männer betrügen Frauen, Frauen betrügen sich selbst."

Clemens, der Erzähler des Buches, ist nahe der 50, und damit Teil einer Generation, die weit verwirrter ist, als ihr zukommt. Selten zuvor hat eine Generation ähnlich gut gelebt, auch wenn ihr Lamento über gefährdete Rentenansprüche nicht enden will.

Clemens trifft auf seiner episodisch verwobenen Reise durch die Welt 50-jähriger Wohlstandsbürger ideale Paare, schmerzresistente Controllingleiter, Scheidungsopfer und -gewinner, neurotische Unternehmensberater, buddhistisch begabte Psychiater, komplexbeladene Österreicher, In-vitro-Fertilisations-Fetischisten, Kulturschaffende, schwangere Aristokratinnen, osteuropäische Migranten, ethisch begabte Sozialmanager, praxisversierte Provinzler, westfälische Theatermänner und biedernymphomane Frauen.

Clemens ahnt: Das heimliche Gelächter, das 50-Jährige bei ihren kuriosen Versuchen begleitet, die Liebe, das Leben und Altern zu meistern, ist das Gelächter der Jugend, die noch nicht weiß, dass Jugend vergänglich ist.

ISBN 978-3-95915-102-3 , Preis: 11,90€
Erhältlich unter: shop.outbird.net

Ebenfalls in der Edition Outbird erhältlich:

„Outscapes" - das Magazin für alternative (Genuss)Kultur

Der Anspruch von „Outscapes" ist es, alternative, sensible, querdenkende Kreative sichtbar zu machen und entdecken zu können. Uns reizt das Andere, Bewusste, die Lebensformen und Emotionen abseits des Mainstreams. Uns reizen die NeulandgängerInnen, QuerdenkerInnen, kritischen Sensiblen.

KünstlerInnen, KunsthandwerkerInnen, AutorInnen, VeranstalterInnen, Labels, Verlage, Agenturen, FeinkostliebhaberInnen und -herstellerInnen sind herzlich willkommen, mit uns in Austausch zu treten. Gern stellen wir Ihren künstlerischen Kosmos im Magazin vor und freuen uns über Kooperationen.

Uns interessieren die Wurzeln, wir sind neugierig auf den Antrieb der Menschen, ein Rittergut zu reaktivieren, einen Verlag zu betreiben, eine Kaffeerösterei aufzubauen, einzigartigen Schmuck herzustellen, die Genusswissenschaft hinter Whisky oder Dry Aged Beaf oder Zigarren zu ihrem Lebensmittelpunkt zu machen. Welche Musik gibt es da draußen? Wie schmeckt japanischer Whisky? Welches Buch nimmt uns den Atem? Wo entstehen die neuralgischen Punkte kultureller Eigenheiten? Was berührt uns noch?

Preis: Auslagestellen: gratis / Webshop: 1€ Schutzgebühr / Abonnement: 8€ / Förderabonnement: 25€
ISSN 2510-1943 / Erhältlich unter: shop.outbird.net